大师谈人世

THE MASTER'S INTELLIGENT SERIES

金晶◎编著

时代文艺出版社
SHIDAI WENYI CHUBANSHE

图书在版编目（CIP）数据

大师谈人世 / 金晶 编著. —长春：时代文艺出版社，2011.4（2023.7重印）
（世界大师的生命智慧）

ISBN 978-7-5387-3705-9

Ⅰ. ①大... Ⅱ. ①金... Ⅲ. ①散文集－世界 Ⅳ. ①I16

中国版本图书馆CIP数据核字(2011)第140383号

出 品 人 陈 琛
选题策划 朱凤媛
责任编辑 苗欣宇 田 野
装帧设计 孙 俪
排版制作 徐俊轩

大师谈人世

金晶 编著

出版发行 / 时代文艺出版社
地址 / 长春市福祉大路5788号 龙腾国际大厦A座15层 邮编 / 130118
总编办 / 0431-81629751 发行部 / 0431-81629758
官方微博 / weibo.com/tlapress
印刷 / 永清县晔盛亚胶印有限公司
开本 / 710×1000毫米 1 / 16 字数 / 235千字 印张 / 15
版次 / 2012年1月第1版 印次 / 2023年7月第3次印刷 定价 / 58.00元

目录
C O N T E N T S

大师智慧书系

阿索林

阿索林（1874—1967），西班牙小说家、评论家。是西班牙"98年代"的主要作家，印象主义派评论家，随笔体小说的创始者。

他的作品有自传体小说《意志》《小哲学家的表白》《堂娜伊内斯》《堂胡安》等。

※ 海滨上的青梅竹马

　　讲的是海滨上青梅竹马的故事吗？的的确确，一点不差。是的，先生，有那么一位诗人，名叫菲利斯·瓦尔戈斯。诗人住在大海之滨，宅所宽敞、明亮、雅静。他不是一个穷困潦倒的诗人，这在诗人中间，委实是个例外。他的性格平易近人，对于一位真正的诗人来讲，这种提法也不尽然。宅所有一方坪坛，用巨石板砌成，诗人酷爱石头，尤爱晶粒状的石块——那种瓜达拉马的石块，质地柔软，宛如沙石一般，久经风吹浪打，变得结实坚硬；坪坛用很不规则的粗石和灰泥粘铸在一起，大自然的凿子在石基上刻画出许多耐人寻味的图案。诗人很喜欢山水。仲夏朗日，诗人驻足坪坛，投目望大海，海的诸般美景，可尽收眼底。白天，海是湛蓝、墨绿、绿莹莹；入夜，灯塔的光芒，时断时续，将海面映射得光粼粼、亮晶晶，海是浅灰，深灰，灰蒙蒙。海浪弹奏出的交响乐是喑哑的、均匀的、和谐的、有节拍的，涛声浪语使初睡的诗人幻入梦境。无论是在深夜写作或是憩然就寝的时候，每每闻到这种和谐的声浪，诗人往往喜不自禁，心旷神怡。在这儿，在距坪坛两步远的大海之滨，在躺在金色沙滩的游泳者们中间，当整个上午海浪滚滚而来的时候，都有许许多多的儿童，数也数不清，他们迎着海浪冲呀、跑呀、戏呀、闹呀；当海浪朝游泳者们猛扑过来、又倦倦地撤回，准备再次汹涌地冲来的时候，儿童们便尾随着退去的海浪追去、踏去、用光光的小脚丫拍踩着千朵万朵的雪浪花。

诗人在最明丽的清晨写诗，这时候空气新鲜清润，这时候旭日柔媚纯洁。在临近正午的时候，会有三个、四个或六个朋友登门造访。菲利斯·瓦尔戈斯这时候已经倦于构思了，于是良朋挚友便娓娓聚谈，而诗人呢，却像蒙遮在主客之间的一层阴雾，对太太和先生们的谈话漫不经心，无动于衷，仿佛置身度外，神游远方，没有在场。唯独当布拉西塔·瓦叶小姐轻启朱唇、慢吐柔音的时候，这层阴雾仿佛才被驱散，对于小姐的话，诗人听来，字字入耳，句句清新，别有声韵。布拉西塔·瓦叶体态苗条，身段修长，隆起的胸脯，起伏均匀而和谐。她线条匀称，曲度自然，面如羞花，神采悦人而庄重，两瓣朱唇组成一张俏美的樱嘴，红嫣嫣、水润润、鲜嫩嫩。她住在什么地方？在那边山上，临海处有一幢玲珑的小房。独居的生活使小姐有一腔感伤，对布拉西塔来说，岁月流逝，芳龄已过，她生活的乐趣定然是深沉的、平静的、安定的。布拉西塔的禀性美德一直是自重自慎、文质彬彬。她的话轻缓、严谨；她的手白皙、丰腴；她讲话的神态凝重而又文雅。布拉西塔轻易不启朱唇，更不喜爱寻根究底的深谈，不过，当她以轻缓而严谨的方式，讲出一些平易的柔声慢语的时候，即使这些话极为平凡无奈，然而却在诗人的心房里，产生了悦耳动听的一种空前未有的魅力。

布拉西塔·瓦叶讲话的时候，诗人会从长躺椅上微微欠起身子，目不转睛地看，静默无声地听，内心欣喜若狂，听得入耳销魂。她的话莫非又给诗人的生命里平添了一种新的力量？自己的声望已经给了他许多快慰，他既喜欢合群又喜欢独居简出。他是少数人的一位艺术家，生活在一个狭小的、颇有限度的小天地里，仅受到一小部分的敬佩者和屈指可数的信徒的盛赞和颂扬。但是，诸位可曾瞧见过这位匆匆过往的诗人，会投出那种渴望的、奇妙的、持久的目光？诸位又可曾在火车、汽车、博物馆中，在正散步的一位女读者那里，瞧见过类似这一女子一往情深的款款浅笑？诸位的作品可曾在人群深处，产生过这种独特的、欣悦的、情绵绵的共鸣？诸位的作品，以及诸位的文友，只有在人群深处，方可渐渐醇化自己，将自己的感情幸福地升华到一个安稳的高度。诗人菲利斯·瓦尔戈斯很喜欢选交诤友良朋，但由于他怀有某种隐痛，他仅将自己的诗品围于一个限定的小圈子里，不为广大民众所熟知。在他身上，在他灵魂深处，在他心房的最底层，含藏着对伟大民众的某种敬而远之的轻微的偏见。不过他的这种莫须有的自负心理，也许会变为一种至高无上的对人类的同情心。伟大的民众对诗人的孤芳自赏提出了抗议，仿佛是带有某种强拉硬拽的然而又是和风细雨的威力，将诗人从狭小的圈子里解放了出来，拖到海阔天空的民众间，这儿阳光无限明丽，这儿有风浪冲击。

菲利斯·瓦尔戈斯历尽沧桑，对尘世倦乏了。在这夏日的近午，天苍苍，灰茫茫，孩子们在金色的沙滩上来来往往地嬉跳着，客人在诗人的坪坛上已经谈了许久，所有的谈话人都已经辞去无踪。全走光了么？没有。只有布拉西塔·瓦叶小姐独留于此，她宛如一只玉鸟，特意地落在了充满希望、理想、美梦的一张金网。此刻，她在漫不经心地浏览着一本书。菲利斯抽着烟，往高处喷云吐雾。近日来，有一位青年评论家前来拜访诗人，询问他生活的细枝末节。从眼前的时刻回首往昔的生活，这对诗人来讲简直是一桩罪过。诗人对命运颇有些迷信，回首往事竟使他哀痛万分。那青年要他追忆过去的童年、少年和青年，这日复一日、累月经年的往昔呵，犹似摆在他面前的一团乱云，使他心事重重，忧心如焚。为了能在此次会谈中答出评论家的所问，诗人需要深思许多时辰。他反复回想，日夜凝思，追忆着自己的青少年时代，伴随他思绪的是那海滨上黑色的波浪，浪花儿来来往往，在沙滩上蹦蹦跳跳。

这当儿，菲利斯不禁和布拉西塔谈论起自己的往昔。菲利斯慨然叹道："纷纷往事，惹起绵绵愁思！"

旋即又说："现在对于我，往事像一团黑烟，犹如令人惋惜的白驹过隙。我不愿意再看见我过去的任何东西，对于往事一塌糊涂，反使我更为高兴，只有如此，我才会感到我永远年青，才会永远看到我新的生命。我总是把我的工作着眼于现在，我总是不遗余力地置身于工作，这样我才会轻松愉快，感到丰富多彩。"

布拉西塔仪表庄重地站着，倾听着她的诗人的一番概论。顷刻之间，她便将自己的深情厚谊倾注在他的话语之中了。这位淑女的丰腴的手，像玫瑰般红润，似花儿般鲜艳，含苞待放地开在那本洁白的书页上。

诗人继续说："近来我不得不缅怀我的童年。我已经瞧见了我整个的、全部的童年，那是一个光彩夺目的黄金时代。只需我稍加追忆，往事便历历在目，我的心中便顿放光明，黑云即消逝无踪，那黑云是漫长的，然而也有令人愉快的忆念。我什么都瞧见了，布拉西塔，唯有一件东西，我再不能清清楚楚地瞧见了，您知道是什么吗？"

菲利斯·瓦尔戈斯顿住话语，布拉西塔用女性特有的温爱的目光，凝视着这位奇情异想的诗人的那一双水汪汪的眼睛。

诗人接着讲："您瞧见海滨上戏耍的儿童了吗？请您认真地瞧瞧他们吧。孩子们手拉手、排成行，跑呵，跳呵，冲呵……您瞧那一对青梅竹马，一个男孩和一个女孩。您瞧见他俩了吗？在那儿，就在那堆沙丘前面。男孩手里拿根木棍。好，我的童年，就跟这个男孩和女孩的现在，一模一样……是的，的确是我的过去。我曾经就像这个男孩，生活在这同一个海滩上，小时候跟我伴耍的那个女孩，也恰似这个女孩。每天，我们有10个或12个小朋友在沙滩上玩。有一回，我结识了一位女友，只三四天我就和她玩得挺熟，我俩相爱时间很短，她便成了我的未婚妻。她赠给我一个小海螺，我也回赠给她一个完全一样的小海螺，作为我俩白首到老的爱情的信物，真的，是白首到老的爱情。昨天，我又在抽屉的故纸中寻见了那个小海螺。睹物思情，我多么激动！我去把它拿来，请您过目。"

菲利斯·瓦尔戈斯倏然站起身，走进内室，取出小海螺，对她说："我真想清楚地看到，谁是曾经和我交换定情信物的小姑娘。在我小时候，我认识的女孩挺多！可现在，我对那个小姑娘一丁点儿印象也没有了。要能够看见她，该多好呵！"

布拉西塔静默地望着诗人。她的两颊泛起一层鲜媚的红晕，她的双眸闪烁出一种奥妙的光芒。当她辞别的时候，她这样说："菲利斯，我想请您光临寒舍，您肯屈尊吗？请您过了明天来，我们要谈谈心。我恭候着您。"她的话里饱蕴着些许显露的一股激情，她的手紧紧地握着诗人的手，握了足有好几秒钟。

隔日以后，菲利斯·瓦尔戈斯便来看望布拉西塔。诗人燃沸的激情刚刚平息，却又不禁惊愕万分，他怔住了。他的目光凝视着布拉西塔甜滋滋、蓝莹莹的眼睛，原来她的手里也拿着一个小海螺，和诗人手中的小海螺，完完全全，一模一样。菲利斯的信物和布拉西塔的信物，两个海螺黑色的斑纹和凸起的边缘十分吻合。

"是您，布拉西塔？是您？"诗人连连说道，"莫非是您……原来是您……您就是那位小姑娘？世上的事儿万般奇巧！布拉西塔，我说不出，简直说不出我此时的感情，没有语言能……"

外面，夜深了，雾浓了。

在那雾霭蒙蒙的远处，闪射着灯塔时隐时现的辉光。从布拉西塔那间玲珑的屋中，可以清晰地听到暗哑的涛声浪语。淑女坐在一张桌子旁边，面前闪耀着光芒四射的灯环。她的贴心女仆朵玛希达手里擎着一盏明灯。四周的一切都是那么严肃而又宁静。透过一扇扇敞开的绿窗，可望见黑沉沉的夜空，点点繁星，眨着眼睛。

"真的，朵玛希达，我们的生活真美呵。我们历尽酸辛，费尽周折，找了多么长时间呵！嗯？我还以为不会找见那个小海螺了，我们跑遍了天涯海角！谁知道，我那黑斑纹的小海螺，竟和菲利斯先生的小海螺，一模一样，是那么严丝合缝……"

（孔令森 译）

杰克·伦敦（1876—1916），美国作家。
著名的有短篇小说集《狼的儿子》《深渊里的人们》《荒野的呼唤》《海狼》和《白牙》。
他的自传性小说《马丁·伊登》是他的代表作。

※ 论作家的人生哲学

　　终生只想制作粗制滥造的作品的文学匠，不要读这篇文章，因为他只是白白地浪费了时间，又破坏了自己的情绪。这篇文章不包括怎样编排手稿，怎样加工素材这样的建议；也不包括对编辑的大笔的任意所为，对副词与形容词变化的评价加以分析。不可救药"多产作家们"，此文不是为你们写的！文章是给有理想的作家（即使他目前只写出了很平庸的作品），是给追求真正的艺术，并幻想着他不必再向农业报纸，或《家庭》杂志登门求告的时刻的作家用的。

亲爱的先生、太太、小姐，在您选中的部门里，您取得了什么成就？是天才吗？原来您并不是天才。如果您是天才，便不要读此文。天才把一切桎梏和偏见抛到一边，不能控制他，不能令其顺从。天才，珍贵的鸟。像我和您一样，不在每一片树丛中飞来飞去。也许您是有才华的人？当然，这也可能。当赫拉克勒斯还在襁褓时，他的二头肌也细得可怜。您也是这样：您的才华还没有得到发展。假如它得到适当的营养，它就会像样地成长起来，您便不会因读此文而浪费了时间。如果您真的相信，您的才华已经成熟，那时便放下它，不要再读下去！如果您认为它还没有达到这一水平，那么，在您看来，要通过怎样的方法才能达到呢？

要作一个有独创性的人，您不假思索地回答道，尔后又添加道：逐渐地发展自己的独创性。好极了。但是问题并不在于作一个有独创性的人——这连黄口小儿也懂得——而在于怎样成为一个有独创性的人。怎样唤起读者对您的作品的强烈兴趣，而使出版商极想得到它？亦步亦趋地跟在别人——哪怕是最有才华的人的后边，反射着别人独创性的光芒，也不能成为有独创性的人。要知道，任何人也没有为瓦尔特·司各特和狄更斯、为埃德加·坡和朗费罗、为乔治·艾略特和亨弗利·华尔德夫人、为斯蒂文森和吉卜林、安东尼·贺普、玛丽·高瑞利、斯蒂文·克莱恩以及许多其他作家——名单可以无限延长——铺平道路。出版商和读者直到如今还闹嚷嚷地要他们的书。他们达到了独创性。为什么？就是因为他们不像随风转动的无思无虑的顺风旗。他们的起点也就是那些和他们一起而终为败北者的起点，他们所得到的遗产也是那个世界，以及那些平淡无奇的传统。但是他们同败北者的区别只有一个，就是：他们抛弃了别人使用过的材料，而直接从源泉汲取。他们不相信别人的结论、别人权威性的意见。他们认为，必须在自己经手的事业上打上自己个人的烙印——标志要比作者的权力重要得多。他们从世界及其传统（换言之——从人类的文化和知识）汲取为建立自己的人生哲学所必需的材料，就像从直接源泉汲取样。

至于"人生哲学"这一用语，还没有准确的定义。首先人生哲学不解决个别问题。它不特别集中注意这样的问题，诸如：过去和将来灵魂之受苦、不同的或共同的两性道德的规范、妇女的经济独立、性能遗传的可能性、招魂术、变异、对酒精饮料的看法等等，等等。不过它还是要研究这些问题，以及在生活道路上经常遇到的一切其他障碍——这不是抽象的、脱离现实的，而是日常的、工作的人生哲学。

每一个获得持续成就的作家都有这样的哲学。这样的作家有特殊的、他个人独特的对事物的看法。他用一个尺度或一组尺度来和衡量落入他的视野里的一切。根据这个哲学，他创造性格并做出某些概括。由于它，他的创作看来是健康的、真实的、新鲜的，显露出世界期待听取的新东西。这是他个人的，而不是被重新安排好的、老早就被咀嚼过的、全世界都已知晓的真理。

但是请谨防误会。掌握这种哲学完全不意味着从属于教学论。根据任何理由表达个人观点的才能，并不能成为用教训小说烦扰读者的依据。可是，也不禁止这样做。应当看到，作家的这个哲学很少表现为想让读者这样或那样地解决某个问题。只有不多的几个大作家才是公开进行教育的，同时，某些作家，如大胆而优美的罗伯特·路易斯·斯蒂文森，几乎完全把自己表现在创作中，甚至回避对教训的暗示。许多人把自己的哲学当作秘密的工具。他们借助哲学形成了思想、情节、性格，在完美的作品里，它渗透在各个方面，却不显露出来。

必须懂得，这种工作的哲学，使作家不仅可以把自己，而且也可以把他审查过的和评定过的、通过他的"我"而反映出来的东西，写进自己的著作里去。以上谈到的，可以通过智力的巨人、著名的三巨头——莎士比亚、歌德、巴尔扎克的例证，特别鲜明地予以说明。他们各人是各人，以致不能把他们相互比较。每一个人从自己个人的仓库里、从自己的工作哲学中挖掘，又按照自己个人的理想创造自己的作品。非常可能，在刚一出生时，他们和一般的孩子没有什么两样，然而，他们从世界及其传统中学会了某种他们的同龄人没有学会的东西。而正是那个，是应当告诉给世界的。

而您呢，青年作家，您有什么要说的？如果有，又是什么使您不能说出来呢？如果您能够发表世界愿意听到的那些思想，您就像您所想的那样表现出来吧。如果您想得清楚，您也会写得清楚；如果您的思想有价值，您的文章也会有价值。但是如果您的叙述淡然无味，那是因为您的思想淡然无味；如果您的叙述很狭隘，那是因为您本身狭隘。如果您的思想不清楚和自相矛盾，难道可以期待表现得清楚吗？如果您的知识是贫乏和杂乱无章的，难道您的叙述会是流畅和合乎逻辑的吗？没有巩固的基础，没有工作的哲学，难道可以从混乱中造出秩序来？难道能够正确地理解和预见吗？难道可以确定您所拥有的那一点点知识的大小和相对价值吗？而没有这一切，难道您能够是您自己吗？难道您能给被操劳过度弄得疲惫不堪的世界带来什么新东西吗？

只有一个方法能够赢得这样的哲学——这就是探求的方法，从知识宝库、从世界文化中汲取材料，从而形成这一哲学的方法。当您还不理解作用于锅底的力时，您知道蒸汽的气泡是什么吗？当一个艺术家还没有形成关于欧洲历史和神话学的概念，还不懂得总地形成犹太人性格的不同特点——他的信仰和理想、他的热情和眷恋、他的希望和恐惧，难道能够画出《你们看这个人》来吗？如果作曲家对伟大的古日耳曼史诗一无所知，他能创作出《瓦尔基利亚女神》来吗？这一切都和您有关——您必须学习。您应当学会带着观点观察生活。为了理解某个运动的性质和发展阶段，您应当知道那些促使个人和群众行动起来的动机，那些产生了伟大的思想并使之发挥作用，把约翰·布朗送上了绞刑架，把基督送到十字架的动机。作家应当掌握生活的脉搏，而生活便给他个人的工作哲学，借助于这种哲学，他本身便开始评价、衡量、对比并向世界说明生活。正是这个个人的烙印、个人对事物的观点，被称之为个性。

从历史学、生物学，从学习进化论、伦理学，以及从一千零一种知识部门，您知道了些什么？您表示异议说："可是，我看不到，这一切怎么会帮助我写小说或长诗。"它毕竟会帮助您的。不是直接的，而是间接的影响。知识给您的思想以广阔天地，扩大您的视野，开拓您的活动范围。知识用自己的哲学武装您，这种哲学和其他任何一种哲学一样，将唤醒您独创性的思想。

"可是这项任务太庞大了，"您抗议说，"我没有时间。"然而它的规模并没有吓住别人。您可以生活很多，很多年。当然，不能期望着您会懂得一切。然而正是根据您将掌握知识的程度，您的写作技巧和您对他人的影响才会不断地增长。时间！当谈到时间不够时，指的是不能有效地利用时间。您学会了正确地读书吗？在一年里您在多少本平庸的短篇和长篇小说上消耗了时间，或者企图研究短篇小说的写作艺术，或者锻炼自己的批评才能？您从头到尾读完了几本杂志？这就是您的时间，而您糊里糊涂地把它浪费掉了，而它不再回来。要学会精心地选择阅读材料，学会快速阅读，抓住主要的东西。您讥笑老年人昏聩糊涂，他们通读每天的报纸，包括广告。难道您逆着当代文学的洪流而拼命挣扎，就不那么可怜了吗？还是不要避开这一洪流。要读好一些的，只是好一些的书。不要怕放下已经开始还没读完的短篇小说。要记住，只有读别人的作品，您才能重新安排作品，否则，您本人就没有什么好写的。时间！如果您不去寻找时间，我向您担保，世界不会寻来时间听您使唤。

（刘保端 译）

黑塞

赫尔曼·黑塞（1877—1962），德国诗人。
他的作品有《罗斯哈尔德》《悉达多》《草原之狼》和《玻璃球戏》。
1946年获诺贝尔文学奖。黑塞生前对心理学和神秘主义有浓厚兴趣，以致死后成为受人崇拜的人物。

※ 论年龄

　　古稀之年在我们的一生中是一层台阶，跟其他所有的人生台阶一样，它也有自己的外表、自己的环境与温度，有自己的欢乐与愁苦。我们满头白发的老年人跟我们所有的年纪较轻的兄弟姐妹一样，有我们的任务，这任务赋予我们的生命以意义，甚至连病入膏肓的人和行将就木的人，这些尘世的呼唤都已难于送达到他们卧榻的人也都有他们的任务，有着重要的和必要的事要由他们来完成。年老和年轻同样是一项美好而又神圣的任务，学着去死和死都是有价值的天职，这和其他天职一样——前提是对人生的意义和圣洁要怀着尊崇的心情去履行这一天职。一位老年人，如果他只是憎恨和害怕自己年纪老，憎恨和害怕满头白发以及死之将至，那他就不是登上这一人生台阶上令人尊敬的代表。这正如一个年轻力壮的人憎恨他的职业和他每日的工作，并试图逃避它们是同样不受人尊敬的。

简而言之，作为老年人，为了实现老年人的意义，并胜任他的职责，那他就得承认自己是老了，承认年老带给他的一切，并必须对此作出肯定的回答。若是没有这个肯定的回答，若不能为大自然向我们要求的一切做出牺牲的话，那我们活着的价值和意义——不管是年老，还是年轻——就都失去了。我们也就欺骗了生命。

每个人都知道，古稀高龄会带来疾病和苦楚，并且知道死神就站在他生命的终点。你会年复一年地做出牺牲，有所放弃。你必须学会不信任自己的感觉与力量。不久前还是短短的一次散步的路程，现在变得漫长了，觉得吃力了，有朝一日我们再也没有能力走下去了。我们一辈子都爱吃的饭菜，我们也不得不割舍。肉体的欢娱与肉体上的享受愈来愈少，并且还得付出更高的代价。尔后，一切健康上的损伤和疾病，感觉变得迟钝了，各器官的功能也减退了，诸多的痛楚，尤其是经常发生在那漫长的令人恐惧的黑夜里——所有这一切都是不可否认的，这是严酷的现实。但是一味沉溺于这一衰退的过程，看不到古稀高龄也有它的好处、它的优越性、它的令人快慰和欢乐之处，那就太可怜、太可悲了。当两位老年人彼此相遇，不该单是谈那该死的痛风，谈上楼时腿脚的僵硬和呼吸的困难，他们不该光是交流各自的痛苦与令人心烦的事，也应该谈谈他们各自令人愉快和令人欣慰的经历。而这样的事有很多。

每当我想起老年人生活中这些积极的和美好的一面，想到我们这些白发苍苍的人也知道力量、耐心和欢乐的源泉之所在——这在年轻人的生活中是无足轻重的——这时我就不必去谈论宗教和教会的慰藉作用。这是神职人员的事。但是，我大概可以满怀谢忱地举出几项年龄送给我们的礼物。在这些礼物中我认为最珍贵的是：在漫长的一生后保留在我们记忆中的各种画面的宝库，随着行动能力的消失，我们将以完全不同于往昔的方式去追忆这些画面。那些六七十年来不复存在于地球上的人的形象和面容，它们还在我们身上继续存活下去，它们是属于我们的，它们陪伴着我们，它们用充满生气的目光注视着我们。在此期间消失了的或是完全变了样的屋宇、花园、城市，在我们看来却跟昔日一样未曾变样，我们发现几十年以前旅行时见过的远处的山峦和海滨，依然色彩鲜艳地留存在我们的画册里。观看、审视、凝视越来越成为一种习惯和练习，观察人的心绪和态度不知不觉地浸透在我们的全部行为中。我们曾为愿望、梦想、欲望、激情所驱使，正如人类的大多数人一样，通过我们生命岁月的冲击，我们曾不耐烦地、紧张地、充满期待地为成功和失望强烈地激动过，而今天当我们小心翼翼地翻阅着自己生平的画册时，禁不住惊叹：我们能躲开追逐和奔波而获得静心养性的生活该是多么美好。这里，在白发老人的花园里，正在盛开着一些我们昔日几乎没想到去护养的花儿。这里盛开着忍耐的花，一种高贵的花，我们变得更加泰然，更加宽厚。我们对于去参与某些事件和采取一些什么行动的要求越小，我们静观和聆听大自然的生命和人类生命的能力就变得越强，我们对它们不加指责，并总是怀着对它们的多姿多态的新奇之感任其在我们身旁掠过，有时是同情的、不动声色的怜悯，有时是带着笑声带着欢悦带着幽默。

最近我站在我的花园里，点上一堆火，不断给它添加些树叶和枯枝。这时来了一位老妇人，大约八十岁了，她从白刺荆的矮树丛旁走过，停下脚步，向我望来。我向她打招呼，于是她笑了，并说："您的这把火点得对。像我们这般年纪的人应该慢慢地和地狱交上朋友。"就这样我们交谈起来，我们的谈话带着对种种烦恼与困乏抱怨的调子，但总是带着开玩笑的口吻。谈话结束时我们都承认，只要我们村子里还有最老的人，还有百岁老人，我们还不是老得叫人害怕，这几乎不该算是真正的老人。

当很年轻的人以其力量和毫无所知的优势在我们背后嘲笑我们，认为我们艰难的步态、我们的几茎白发和我们青筋暴露的颈项是滑稽可笑的时候，我们就会想起，我们过去也具有他们同样的力量，也像他一样毫无所知，我们也曾这样取笑过别人，我们并不认为自己处于劣势，被人战胜了，我们对于自己已经跨过的这一生命的台阶，变得稍微的聪明了一些，变得更有耐心而感到高兴。

（姚保琮 译）

卢卡特里

卢伊吉·卢卡特里（1877—1915），意大利新闻记者、杂文家，
所著短篇小说在20世纪初曾广受欢迎。
他的许多作品都以辛辣的笔触描写了意大利资产阶级的现实生活。

大
师
谈
人
世

017

※ 一个孩子的理想

当我和贝贝在他那位极可尊敬的妈妈的客厅里经人介绍彼此认识时，我已经把储备的强装的笑容、一个来访者的不自然的笑容，挥霍殆尽。我老老实实地做了理当该做的一切：欣赏了这家女主人的那幅难看的肖像，赏鉴了女主人家的小姐卖力弹奏的令听众生厌的钢琴曲（她好像试图弹奏巴赫的一首奏鸣曲），品尝了好几大口这家人叫做茶水的浑汤，甚至还逗了逗女主人那只心爱的、脱了毛而

又爱吠叫的狮子狗菲菲。

我在想我已经领略到人类道德堕落所能达到的全部深度。就在这个当口，贝贝出现了。

室内顿时一片肃穆。大家都在等待他的朗诵。

贝贝这时不再用手指挖鼻孔，摆好姿势站在那里。接着他使劲地眯眯眼，运运气，便一口气朗诵了莱奥帕尔迪的四节诗。他用他那震耳欲聋的高嗓门告诉听众说：在夕阳西下的时分，有一位农家女走在田野里，但她手里拿着的并不是人们很自然想到的锄头，而是一束美丽的紫罗兰和玫瑰花瓣。

客人们有些哗然。妈妈显然由于宽慰而叹了口气。贝贝跺跺小脚表示答谢，便又把手指伸进鼻孔。

我抚摸着贝贝的小脑袋瓜，强挤出一丝苦笑，说了一句习以为常的话："很好，乖孩子，简直好极了！喂，你长大干什么呀？"

于是贝贝把他那个小鼻子往上一翘，傲慢地说道："当侦探！"

如果有人突然对我说，我的出生证填错了，实际上我和红胡子腓特烈一世是同龄人，即使在那种情况下我也不会感到自己如此衰老不堪。贝贝这短短的一句话却道出了新旧两个世纪交替时代横亘在我们两代人之间的那条无形的鸿沟。我的生活方式和思维方式仍旧是上一个世纪的，即19世纪，虽然我还不算太老，而且就在不太久以前我也曾穿着短裤面对着至尊的成年客人朗诵过《马克罗蒂的战役》。

贝贝的理想是他那一代人身上的烙印。要知道，即使有人下定决心去分析时代的心理都是由哪些要素构成的，他也不会只依据现实生活的种种特征。如果研究一下青少年时代的幻想，就会更容易理解某些似乎无法解释的心理现象：正是在青少年的幻想中蕴含着那种使人灵魂高尚、推动人们去创建伟大而光辉的业绩的强大动力。

岁月飞逝，它那沉重的翅膀留下了破坏的痕迹，它摧毁了天真的理想，脆弱的希望，朦胧而迷人的梦幻，这时候只有落进孩子心灵的中一颗小小的火星，只有照亮了少年时代最初几年的幻想，却执著地闪闪发光，永不熄灭，用它那均匀的光线照射着人生的道路。

当你在祖传的古老煤油灯发出的柔和灯光下专心阅读一本心爱的书并把自己

想象为书中的主人公时，你会忽而体验到甜蜜，忽而感到害怕——正是这些瞬间决定着你的一生。而后来的种种考验，无论多么艰巨，也丝毫不能改变它。

我们当中又有谁未曾完全沉浸于这种令人神往、充满浪漫情趣的梦幻呢？

亲爱的读者！您不要说"不"！尽管您现在身体已经发福，尽管您蓄起胡须，尽管这些特征说明您已经到了藐视想入非非的高龄，但我还是可以发誓说，是的，是的，我可以发誓说，我曾经看到过您同人数众多的全世界儿童大军一起，手持卡宾枪奔驰在想象中的北美大草原上，追逐古斯塔夫·埃马尔的红皮肤印第安人！

难道您忘记了，您曾用火枪一枪就打中了绰号叫"狼头"的那位著名的印第安人首领吗？还有那只神出鬼没的潜水船，您还当过它的船长哩！您还记得吧，您曾巴望着能经历一场大灾大难，哪怕不是自己的，哪怕是从什么人那里租赁来的也行！您曾幻想陷入悲观绝望，让您的面颊上蒙上一层死一般的惨白！您是多么渴望蒙受一次奇耻大辱，好在以后报仇雪恨——当然也是在想象之中！

您不必羞于承认，您曾不止一次化身为尼摩船长潜入大洋海底；这并没什么可害羞的，这种事儿我小时候也干过，许多别的孩子也干过，假如那时我们的幻想突然变成了现实，那么全世界海洋上潜水船相撞的事故就会多得像现在意大利铁路上火车相撞的事故。

您可别说这都是过去的事！

绝对不是的！您的笔下奔流着的仍旧是您生平第一次写情书时的那种令人断肠的忧伤。您大谈特谈尼摩船长，使那可怜的姑娘大吃一惊，她把这一切都信以为真了。

现代妇女心目中的理想人物尽管外貌不同，但其实质却始终不变。

我们父辈崇拜的英雄人物是达塔尼昂。

骁勇好斗，刀光剑影，羽翎瑟瑟，视死如归。

当孩子长大成男子汉，这种胆大妄为，不顾性命的蛮勇，仍旧在他们心中留下痕迹。

谁知道有多少人英勇就义（迄今后辈人还在怀念着他们），有多少人在惊愕的人群面前或炮声隆隆的战场上壮烈牺牲，有多少人做出了可歌可泣的壮举，而他们的事迹正是发端于某一天静寂的傍晚阅读大仲马的某一页书呢？这一切都沉睡在隐秘的内心深处，终于有一天被悲剧性的现实唤醒。于是一位英雄就像小说中的优秀人物，手握着剑柄，目光炯炯，嘴角上挂着微笑，迎着这悲剧性的现实走上前去。

是的，毋庸讳言。加里波第义勇队员的勋绩在很大程度上应归功于大仲马和雨果这两位作家英雄般的想象力。是他们陶冶了意大利人的精神，为后来马志尼和加里波第播下的种子准备好了适宜的土壤。

接着，时代的英雄又改头换面了。

新的理想人物产生于文明同野蛮争夺未考察过的土地开发权的大搏斗之中，这场空前的搏斗占据了整整一代人的头脑、体力和心。亲爱的读者，我们童年时代的偶像就是斯坦利·尼摩船长。

如今的理想人物又改变了。

这要归功于柯南道尔。

他的小说同爱伦·坡的作品之相似，犹如复制品与维纳斯的塑像。他拿这位伟大的美国人的两三部小说做样板，用同一方法炮制了数百部自己的作品：来上一点爱伦·坡，多加点彭松·杜·特莱，再加少许别的调料。而这样调制出来的成品对新时代最适合不过了。

对于人类来说，地球上面再也没有什么秘密和不解之谜了。世界地图上的所有空白点都已被填补上了。一切秘密都被揭晓，再过二十年后我们在空中飞行，除了海关税收之外再不会遇到任何障碍了。

现在人类开始反顾自己的心灵。我们重又领略伦理斗争的诗意；善与恶，公正与罪咎这些概念在我们心目中具有了另一种意义和内涵。这些因素展开激烈搏斗的场所不再是枪林弹雨的战场，而是大城市阴森的高楼巨厦。

在广袤的北美草原上，在海洋的深处，如今再也没有什么奇观美景了。笼罩在遥远的、未探明的大陆的那层迷人的薄雾轻烟，已被蒸汽机车和轮船的汽笛声驱散了。幸存下来的十几个红皮肤的印第安人为了赚钱，都到马戏团里去扮演野人了，而尼摩船长，即使果真出现，也会立刻撞上海防巡逻艇。

精明强干、老成持重、面孔刮得光光的侦探，是我们这个头脑清醒、推崇理性的世界唯一的富有浪漫色彩的人物。

这种人物形象对我们那一代人是陌生的，他们所喜欢的浪漫情趣是莽莽的草原，炙热的骄阳，是厮杀和冒险。

新的理想属于贝贝及其同龄人。我不能不想二十年后这些孩子们将会怎么样。他们会不会去加入秘密警察的行列呢？德·亚米契斯的短篇小说集《军营生活》不是培育出数百名下级军官吗？

不过现今的孩子，他们的幻想也有令人迷醉之处。像一切儿童幻想一样，他们的幻想也是令人神往的。回想我们少年时代的追求，还剩下了什么呢？

有的人试图摆脱那些甜蜜的梦想：关在狭小的办公室里是无法展翅高飞的。

有的人直到老年仍以堂吉诃德自诩，到处寻求不可企及的理想。

还有的人不愿意坐在惊恐中坐以待毙，等候那个像沿门乞讨的叫花子似的独眼老婆子——死神的到来，而是准备毫不畏惧地迎接她，面对她哈哈大笑……

可我只顾着想心思了。小贝贝摆出等待的姿势，呆立在我面前。怎么办……我只好对贝贝说："怎么，你要当个侦探？这可是世界上最好的职业喽！"

贝贝得意极了。他最后一次用袖子揩了揩鼻子，踢了一下脚后跟，便走开了。然而他母亲却听出了我的话中带刺，狠狠地瞪了我一眼。

（范国恩 译）

爱因斯坦

阿尔伯特·爱因斯坦（1879—1955），德裔美国物理学家（拥有瑞士国籍），
思想家及哲学家，现代物理学的开创者和奠基人，
被美国《时代周刊》评选为"世纪伟人"。

※ 我的世界观

人人难逃一死，我们所处的境地是多么不同一般！每个人来到这世上，都是匆匆过客；为何而来，却无人知晓，尽管有时候自以为对此若有所悟。但是无须深究，从日常生活的角度来看，我们是为别人而活着的——首先是为了那些我们所有的幸福全仗他们的笑靥和福祉的人，其次是为了那些通过同情的纽带而将我们与他们的命运紧密相连的素不相识的人。每天我上百次地警醒自己，我的精神生活和物质生活全都依赖别人的劳作，包括那些活着的人和已故的人；我必须殚精竭虑，作出同等程度的贡献，来报答我已经接受并且仍在接受的恩惠。

我热爱简朴的生活，并且时常忐忑不安，因为觉得自己享用了过多的他人劳动。我认为种种阶级差别是与正义背道而驰的，并且最终不得不诉诸强制手段。同时，我相信朴素的生活对任何人都是大有裨益的，无论是在肉体上还是在精神上。

哲学意义上的那种人类自由，我根本不以为然。每个人的行为不仅受制于外界的强迫力，而且要符合内在的必然性。叔本华曾说，"人虽然可以为所欲为，但是不能随心所欲。"这一警句自我青年时代起，就一直鼓励着我，在我自己以及别人的生活面临种种苦难时，它总是给予我们慰藉，成为无穷无尽的耐心源泉。这种心情仁慈地减轻了那种易于使人感到力有不逮的责任感，也防止了我们过于严肃地对待自己和别人；它导致一种首先给予幽默感以应有地位的人生观。

想要探求自身存在乃至一般创造物的意义或目的，从客观的观点看来，我总是觉得不免荒谬可笑。不过，每个人都怀有理想，这些理想决定着他努力和判断的方向。在这一意义上，我从不将安逸和享乐视为人生目的本身这种伦理基础，我认为更适宜于一群猪猡。照亮我的道路，并且不断给予我新的勇气乐观地正视生活的理想是真、善、美。若不是与志趣相投者的友情，若不是全神贯注于客观世界，追求在艺术与科学研究领域永不可及的目标，那么生活在我看来是空虚的。人们梦寐以求的一般对象——财富、虚幻的成功、奢侈——我总觉得都是可鄙的。

我怀有强烈的社会正义感和社会责任感，但我又显然缺乏与别人和社会直接接触的愿望，这两者常常形成奇特的对照。我总是特立独行、我行我素；我未曾全身心地属于我的国家、我的家庭、我的朋友，甚至我的至亲；在所有这些关系纽带面前，我从未失去一种冥顽不化的超然感以及遁世的需要——这种感受与岁俱增。人们明白无误地感到，与别人的相互理解和共鸣是有限度的，虽然这并不足惜。毋庸置疑，这样的人在平易近人和无忧无虑方面会有所失；但是另一方面，他可以在很大程度上独立于别人的意见、习惯和判断，并且能够避免诱惑而不会将其立场建立在这些不可靠的基础之上。

我的政治理想是民主制度。每一个作为个体的人都应受到尊重，无论什么人都不应成为崇拜的偶像。我本人一直受到他人过分的钦佩和尊敬，这并非我自己的过错所致，也非我自己的功劳所获，实在归于一种命运的嘲弄。个中原因大概在于人们渴望——尽管大多数人无法实现——理解我以自己绵薄之力，通过不断奋斗所获得的些许理论。我完全明白，任何错综复杂的事业的成功，都需要有一个人去思考，去指导，并承担整个责任。

但是被领导者必须不受强迫，他们必须能够选择自己的领袖。……在人生的精彩表演中，真正宝贵的，在我看来不是国家，而是充满创造力、富有感知能力的个人，是人格；只有个人才能创造出高尚和卓越，而民众本身在思想和感觉上总是迟钝的。

这一话题令我想起民众本性中最坏的一种表现，即我深感厌恶的军事制度。一个人跟随军乐队的曲调，在队列中行进，并能从中获得乐趣，据此就足以使我对其鄙夷不已。他长了一个大脑，纯属错误；对他而言，一个脊椎骨柱已是绰绰有余。文明社会中这种罪恶的渊薮，应当尽快加以消弭。奉命而行的英雄主义、泯灭人性的残酷暴行、假借爱国主义之名的一切可恶的胡作非为——凡此种种都令我深恶痛绝！依我之见，战争是卑鄙龌龊、令人不齿的勾当：我宁愿被千刀万剐、碎尸万段，也不愿参与这种可憎的行为。尽管如此，我对人类还是给予相当高的评价，我相信，如果各民族的正常理智没有遭到商业利益和政治利益通过学校和媒体进行的系统的腐蚀，那么战争这一妖魔很早之前就该绝迹了。

我们最美好的经历是对神秘的体验。它是身处真正艺术和真正科学发源地时的基本情感。对这种情感毫无知觉、不再有好奇心、也不再有惊诧感觉的人，虽生犹死，如同一根掐灭的蜡烛。正是这种对奥秘的经验——虽然夹杂着畏惧——产生了宗教。我们意识到存在着我们无法洞悉其详的事物，感觉到最深邃的理性和最灿烂的美，这些只能通过其最原始的形式为我们的理性所感知——正是这种认识和这种情感构成了真正的宗教虔诚：在这个意义上，并且仅仅在这个意义上，我是一个笃信宗教的人。我无法想象存在那样一个上帝，它会对自己创造的生物施以赏罚，或者具有我们自身所能感觉到的那种意志。一个人在其肉体死亡以后继续存活在另一世界里，这我既无法理解，也不想去理解；这些想法只是专为那些脆弱灵魂的恐惧或可哂的利己主义准备的。生命永恒的奥秘，现实世界那妙不可言的结构的蛛丝马迹，以及一心一意去探索以便领悟自然界呈现的理性的一部分，无论多么微不足道，对我而言，尽可心满意足了。

林德

罗伯特·林德（1879—1949），爱尔兰作家。生于爱尔寺，一生却在伦敦度过，发表了大量随笔和评论文章。

※ 无知的快乐

　　陪伴一个普通市民在乡间走路——或许正赶在四五月间——对他什么都不知道的巨大范围无论如何不可能不感到万分惊讶。就是自个儿在乡间散步，对自己知之甚少的巨大范围也不可能不感到难以置信。成千上万的男男女女生生死死一辈子，竟会不知道山毛榉和榆树有何不同之处，听不出是画眉在欢叫还是乌鸦在歌唱。兴许，在一座现代城市里，能够听出画眉鸣叫或者乌鸦欢唱的人就是凤毛麟角了。问题不是由于我们不曾见过这些鸟儿，只是由于我们没有注意过它们。我们一辈子被鸟儿们包围着，可是我们熟视无睹，视有若无，我们中间的大多数人分辨不出是不是苍头燕雀在叫唤，或者说不出布谷鸟长得什么颜色。对于布谷鸟是一边飞一边唱还是有时落在枝头上唱，我们如同小孩子一样争论不休——同样搞不清楚查普曼是凭借想象还是知识写出了下面的诗行：

> 布谷鸟在橡树绿色枝条间唱起，
> 正是人们在明媚的春天沐浴时。

然而，这种无知现象倒也不全是痛苦。由于无知，我们才获得了不断发现的快乐。如果我们真的相当无知，那么每到春天我们就会领略到自然的每一处气息，窥见露珠儿还在上面驻足。如果我们活了大半辈子还不曾见过布谷鸟，只把它当作空中回荡的声音，那么我们看到它在树间飞来飞去时那种惊飞样子更加津津有味，认识到它会酿出祸害，并且欣喜地看到它同鹰一样凌空翱翔，长长的尾巴瑟瑟抖动，然后贸然落在山脚的杉树上，也许种种伺机反扑的天敌正潜伏在什么地方。不能不说，博物学家观察鸟儿的生活一定会得到许多乐趣，但是与一个人清早起来第一次看见一只布谷鸟，发现世界充满新奇，兴致油然而生，两者相比之下，博物学家的乐趣只是一种见怪不怪的乐趣，差不多就是一种清醒而吃力的职业罢了。

说到这点，连博物学家的幸福在某种程度上也取决于他的无知，这种无知留给他去征服新的世界。在这类书本中，他也许对知识的细端末节都了如指掌，但是只要他还没亲眼见证一下每种截然不同的东西，那他仍会觉得只是知道了一半。他一心想亲眼看看那只雌布谷鸟——实在难得一见啊！——把蛋下在地上，用嘴衔到窝里，最终在窝里酿成杀害幼鸟的现象。博物学家会日复一日坐在地头用望远镜观察，亲自肯定或打破盛传的说法，即布谷鸟确实把蛋下在地上，而不是窝里。如果他吉星高照，在布谷鸟下蛋时发现了这一鸟类最难得一见的行为，那他也不会一劳永逸，需要搞清的有争议的问题仍然多不胜数，例如，布谷鸟的蛋是不是与它弃掉的窝里的别的鸟蛋总是一种颜色。可以肯定，从事科学的人没有理由为他们失去无知而伤心流泪。如果他们看样子无所不知，那只是因为你我知之甚少而已。在他们翻出来的每一个事实下面，总会有一笔无知的财富在等待他们。塞壬向尤利西斯究竟唱了支什么歌，他们永远不会比托马斯·布朗爵士知道得更多。

如果我借助布谷鸟说明一般人的无知，这并不是因为我对这种鸟儿具有一言九鼎的权威。这仅仅是因为在非洲一个好像所有的布谷鸟都闯进来的教区里度过一个春天，我认识到我对它们了解得少而又少，我所遇到的人也无不如此。但是，你我的无知还不仅仅局限于布谷鸟。我们的无知关系到所有上帝创造的事物，上至太阳和月亮，下至百花的名字。有一次，我听见一位聪明的女士打问新月是不是总在一周的同一天升起。她还说也许不知道更好，因为如果一个人不知道在天空的什么地方能等到月亮，那么月亮的露面迟早都是一种令人快活的惊喜。但是，我估计新月即使对那些深谙其升落时间表的人，它挂在天空也同样会令人惊奇。春天的到来与花潮的到来，也无不如此。我们看见一枚早到的报春花会欣喜不已，是由于我们对一年寒来暑往习以为常，知道迎春花应在三四月间而非十月间开放。我们还知道，苹果树的花开在果子之前而非之后，但是我们在五月的果园度过一个美好节日时并不会因为只见花不见果而减少欣喜。

同时，每逢大地回春，重温许多花卉的名字也许会有一份特殊的快活。这好比重读一本几乎忘掉的书。蒙田告诉我们，他是忘事佬儿，重读一本好书时总感觉是过去压根儿没有读过的存书。我自己的记忆也靠不住，跟筛子差不多。我读《哈姆莱特》和《匹克威克外传》，总觉得它们是新作家的作品，从印刷厂出来还油墨未干，它们的许多内容在一次阅读和另一次阅读之间会变得模糊不清。在许多情况下，这种记忆是一种苦恼，尤其你一心想把事情记得准确无误的话。不过这种情形只是在生活追求目标而非娱乐时才会有的。仅仅就贪图奢侈而论，坏记忆会夸夸其谈的东西倒不见得会比好记忆少多少。你要是有个坏记忆，不妨一遍又一遍阅读普鲁塔克和《一千零一夜》，读上一辈子。许多细端末节也许会黏在最坏的记忆里，正像羊群一只接一只挤过篱笆的空隙，树刺上不能不挂住几缕羊毛一样。但是，羊群本身挤过去了，伟大的作家挤过无所事事的记忆如同羊群穿过篱笆，留下的东西少而又少。

　　如果我们能把书忘记了，那么把月份以及月份过去后所告诉我们的东西忘掉也是很容易的。这会儿我跟自己说，我了解五月如同乘法表一样清楚，关于五月的花卉、花开的样子以及品级也不怕别人考一考。今天我敢肯定毛茛有五个花瓣（也许是六个花瓣，反正上周我是十分清楚的）。但是明年也许我就算不清花瓣有多少，不得不再温习一遍，当心别把毛茛与白屈菜搞混了。到那时，我会用一双陌生人的眼睛，再次把世界看做花园，对那五彩缤纷的田野惊讶得透不过气来。我会情不自禁地纳闷儿是科学还是无知，认定雨燕（那种黑色的鸟，比燕子大，与蜂鸟同属一类）从不在窝里栖息，而是在夜里消逝在高空。我会带着崭新的惊奇了解到，唱歌的是雄布谷鸟，而非雌布谷鸟。我还不得不再次了解清楚，别把剪秋罗叫成老鹳草，重新按树类的规矩弄明白白蜡树出叶早还是出叶晚。有一回，一个外国人问一名当代英国小说家，英格兰最重要的庄稼是什么，他连想都没想就回答说："黑麦。"无知到这种程度，我倒觉得达到了卓越不凡的地步；不过，就是无知的人的无知也一样深不可测。平常人拿起电话就打，却说不清电话的工作原理。他认为电话就是电话，火车就是火车，莱诺铸排机就是莱诺铸排机，飞机就是飞机，如同我们的祖先把《福音书》里的神迹当作神迹一样。他用不着发问，也不必理解。仿佛我们每个人做过调查，只为自己设定了一个事实组成的小圈子。日常工作以外的知识在多数人眼里只是装点门面的玩意儿，可是我们不断在我们的无知面前作出反应。我们时不时醒过劲儿来，进行推测。我们乐此不疲地遇事就进行推测——推测死后的生活是什么样子，推测那些据说连亚里士多德都解不开的诸多问题，例如，"为什么午间到午夜打喷嚏是好事，而夜间到午间打喷嚏就倒霉"。人类知道最大的乐趣之一是在寻求知识过程中这样飞跃到无知状态之中。说到底，无知的巨大乐趣是寻根问底的乐趣。谁要是失去了这种乐趣或者把这种乐趣换成教条的乐趣，即回答的乐趣，那他就已经开始僵化了。谁都会对周伊特这样一个凡事爱问为什么的人肃然起敬，此公年届花甲才坐下来学习哲学。我们大多数人远不到这个年龄便丧失了我们无知的感觉。我们甚至会为我们松鼠储粮般的知识洋洋自得，把岁数增长本身当作一门大学识。我们忘了苏格拉底之所以智慧留名，不是因为他无所不知，而是因为他认识到他活到古稀之年仍然一无所知。

（韩终莘 译）

卡夫卡

弗朗兹·卡夫卡（1883—1942），奥地利小说家。

他的三部长篇小说《审判》《城堡》《美国》生前均未完成。

他的中短篇小说名篇有《变形记》《乡村昏事》《中国长城的建造》《乡村医生》《猎人格拉克斯》《饥饿艺术家》《地洞》等。

卡夫卡对西方文学影响甚大，被视为现代派文学的鼻祖。

❈ 箴言——对罪愆、苦难、希望和真正的道路的观察

1

真正的道路在一根绳索上，它不是绷紧在高处，而是贴近地面的。与其说它是供人行走的，毋宁说是用来绊人的。

2

人类所有的错误无非是无耐心，是过于匆忙地将按部就班的程序打断，是用

似是而非的桩子把似是而非的事物圈起来。

3

人类有两大主罪，其他所有罪恶均和其有关，那就是：缺乏耐心和漫不经心。由于缺乏耐心，他们被逐出天堂；由于漫不经心，他们无法回去。也许只有一个主罪：缺乏耐心。由于缺乏耐心，他们被驱逐；由于缺乏耐心，他们回不去。

4

许多亡者的影子成天舔着冥河的浪潮，因为它是从我们这儿流去的，仍然含有我们的海洋的咸味。这条河流对此感到恶心不堪，于是翻腾倒流，把死者们冲回到生命中去。但他们却欣喜万分，唱起感恩歌，摸着这愤怒的河。

5

从某一点开始便不复存在退路。这一点是能够到达的。

6

人类发展的关键性瞬间是持续不断的，所以那些把以往的一切视为乌有的革命的精神运动是合乎情理的，因为什么都还没有发生过。

7

"恶"的最有效的诱惑手段之一是挑战。

8

"恶"犹如与女人们进行的、在床上结束的斗争。

9

目空一切，他以为他在"善"方面远远超出了他人，因为他始终作为一个有诱惑力的物体，感到自己面临着日益增多的、来自各种至今不明方向的诱惑。

10

正确的解释却是，一个魔鬼上了他的身，无数小魔鬼就纷纷涌来为大魔鬼效劳。

11/12

观念的不同从一只苹果便可以看出来：小男孩的观念是，他必须伸直脖子，以便刚好能够看到放在桌面上的苹果；而家长的观念呢，他拿起苹果，随心所欲地递给同桌者。

认识开始产生的第一个标志是死亡的愿望。这种生活看来是不可忍受的，而另一种又不可企及，人们不再为想死而羞愧；人们憎恨旧的牢房，请求转入一个新的牢房。在那里人们将开始学会憎恨这新的牢房。这种想法包含着一点残余的信念：在押送途中，主人会偶尔穿过通道进来，看着这个囚徒，说："这个人你们不要再关下去了，让他到我这儿来。"

假如你走过一片平原，假如你有良好的走的意愿，可是你却在往回走，那么这是件令人绝望的事情；但你如果是在攀登一座峭壁，它就像你自身从下往上看一样陡峭，那么倒退也可能是地理形态造成的，那你就不用绝望了。

像一条秋天的道路：还未来得及扫干净，它又为干枯的树叶所覆盖。

一个笼子在寻找一只鸟。

这个地方我还从来没有来过：呼吸与以往不同了，太阳旁闪耀着一颗星星，比太阳更加夺目。

如果当时有这种可能性：建造巴比伦之塔，但不爬上去，那么也许会得到允许的。

别相信恶之所为，你在它面前不妨保守秘密。

豹闯入寺院，把祭献的坛子一饮而空；此事一再发生，人们终于能够预先作打算了，于是这成了宗教仪式的一个部分。

像这只手这样紧紧握着这块石头。可是他紧紧握着石头，仅仅是为了把它扔得更远。但即使很远，也仍然有路可通。

22

你是作业，举目不见学生。

23

真正的敌对者那里有无穷的勇气输入你的身上。

24

理解这种幸福：你所站立的地面之大小不超出你双足的覆盖面。

25

除非逃到这世界当中，否则怎么会对这个世界感到高兴呢?

26

藏身处难以数计，而能使你获救的只有一处，但获救的可能性又像藏身处一样地多。目标确有一个，道路却无一条；我们谓之路者，乃踌躇也。

27

似消极之事，正成为我们的义务；而积极之事已经交给我们了。

28

一旦自身接纳了恶魔，它就不再要求人们相信它了。

29

你自身接纳恶魔时所怀的隐念不是你的，而是恶魔的隐念。

这头牲口夺过主人手中的皮鞭来鞭挞自己，意在成为主人，却不知道，这只是一种幻想，是由主人皮鞭上的一个新结产生的。

30

"善"在某种意义上是绝望的表现。

31

自我控制不是我所追求的目标。自我控制意味着：要在我的精神存在之无穷放射中任意找一处进行活动。如果不得不在我的周围画上这么一些圈圈，那么最佳办法莫过于：瞪大眼睛一心看着这巨大的组合体，什么也不做。观看相反使我的力量得到增强，我带着这种增强了的力量回家就是。

32

乌鸦们宣称，仅仅一只乌鸦就足以摧毁天空。这话无可置疑，但对天空来说它什么也无法证明，因为天空意味着：乌鸦的无能为力。

33

殉道者们并不低估肉体，他们让肉体在十字架上高升。在这点上他们与他们的敌人是一致的。

34

他的疲惫是角斗士斗剑后的那种疲惫，他的工作是将小官吏工作室的一角刷白。

35

没有拥有，只有存在，只有一种追求最后的呼吸、追求窒息的存在。

36

以往我不能理解，为什么我的提问得不到回答；今天我不能理解，我怎么竟会相信能够提问。但我根本就不曾相信过什么，我只是提问罢了。

37

他对这一论断——他也许拥有，却不存在——的答复，仅仅是颤抖和心跳。

38

有人感到惊讶，他在永恒之路上走得何其轻松，其实他是在往下飞奔。

39 a

对恶魔不能分期付款——但人们却在不停地试着这么做。

可以想象，亚历山大大帝尽管有着青年时代的赫赫战功，尽管有着他所训练的出色军队，尽管有着他自我感觉到的对付世界变化的应变能力，他却在海勒斯彭特（Hellespont）前停下了脚步，永远不能逾越，而这不是出于畏惧，不是出于犹豫，不是出于意志薄弱，而是由于大地的滞重。

39 b

道路是没有尽头的，无所谓减少，无所谓增加，但每个人却都用自己儿戏般的尺码去丈量。"诚然，这一码尺的道路你还得走完，它将使你不能忘怀。"

40

仅仅是我们的时间概念让我们这样称呼最后的审判，实际上这是一种紧急状态法。

41

世界的不正常关系好像令人宽慰地显现为仅仅是一种数量上的关系。

42

把充满厌恶和仇恨的脑袋垂到胸前。

43

猎犬们还在庭院里嬉耍，但那猎物却无法逃脱它们，尽管它正在飞速穿过一片片树林。

44

为了这个世界，你可笑地给自己套上了挽具。

45

马套得越多，就跑得越快——就是说不会把桩子从地基中拽出（这是不可能的），但会把皮带子扯断，于是就成了毫无负担的欢快的驰骋了。

46

"sein"这个词在德语中有两个意义："存在"和"他的"。

47

他们可以选择，是成为国王还是成为国王们的信使。出于孩子的天性，他们全要当信使。所以世上尽是信使，他们匆匆赶路，穿越世界，互相叫喊，由于不存在国王，他们叫喊的都是些已经失去意义的消息。他们很想结束这种可悲的生活，但由于职业誓言的约束，他们不敢这么做。

48

相信进步意味着不相信进步已经发生。这其实不是相信。

49

A是个演奏能手，而天空是他的见证。

50

人若没有对某种不可摧毁的东西的持续不断的信仰，便不能活下去，而无论是这种不可摧毁的东西还是这种信仰，都可能是长期潜伏着的。这种潜伏的表达方式之一便是相信一个自己的上帝。

51

需要由蛇来居中斡旋；恶魔能诱惑人，却无法变成人。

52

在你与世界的斗争中，你要协助世界。

53

不可欺骗任何人，也不可欺骗世界——隐瞒它的胜利。

54

除了一个精神世界外，别的都不存在。我们称之为感性世界的东西，不过是"精神世界中的恶"而已，而我们称之为恶者，不过是我们永恒的发展中的一个瞬间的必然。

最强烈的光可以使世界解体。在弱的眼睛前面，世界会变得坚固，在更弱的眼睛前面它会长出拳头，在再弱一些的眼睛前面，它会恼羞成怒，并会把敢于注视它的人击得粉碎。

55

这一切都是骗局：寻求欺骗的最低限度、停留于普遍的程度或寻求最高限度。在第一种情况下，人们想要使善的获取变得过于容易，从而欺骗善；通过给恶提出过于不利的斗争条件而欺骗恶。在第二种情况下，由于人们即使在尘世生活中也不追求善，从而欺骗善。在第三种情况下，人们通过尽可能远远避开善而欺骗善，并由于希望能通过把恶抬高到极限使它无所作为，从而欺骗恶。这么看来，比较可取的是第二种情况，因为无论何种情况下善总是要被欺骗的，但在这种情况下，恶没有受到欺骗，至少看上去如此。

56

有些问题是我们无法回避的，除非我们生来就不受其约束。

57

除了感性世界外，语言只能暗示性地被使用着，而从来不曾哪怕近似于比较性地被使用过，因为它（与感性世界相适应）仅仅与占有及其关系相联系。

58

人们尽可能少说谎，仅仅由于人们尽可能少说谎，而不是由于说谎的机会尽可能地少。

59

一级未被脚步踏得深深凹陷的楼梯台阶，就其自身看，只是木头的一种单调的拼凑。

60

谁若弃世，他必定爱所有的人，因为他连他们的世界也不要了，于是他就开始察觉真正的人的本质是什么，这种本质无非是被人爱，前提是：人们与他的本质是彼此相称的。

61

如果有谁在这个世界之内爱他人，那么这与在这个世界之内爱自己相比，即非更不正当亦非更正当，剩下的只有一个问题：第一点是否做得到。

62

只有一个精神世界而没有其他存在这一事实夺去了我们的希望而给我们以确切性。

63

我们的艺术是一种被真实照耀得眼花缭乱的存在：那照在退缩的怪脸上的光是真实的，其他的都不真实。

64/65

逐出天堂就其主要部分而言是永恒的；被逐出天堂已成定局，在尘世生活亦不可避免，尽管如此，过程的永恒性（或照尘俗的说法：过程的永恒的重复）却使我们不仅期望有一直留在天堂中的可能，而且事实上一直有留在那里的可能，不管我们在这里知道还是不知道这一点。

66

他是地球上一个自由的、有保障的公民，因为他虽然被拴在一根链条上，但这根链条的长度容他自由出入地球上的空间，只是这根链条的长度毕竟有限，不容他越出地球的边界。同样，他也是天空的一个自由的、有保障的公民，因为他被拴在一根类似于空中的链条上。他想要到地球上去，天空中那根链条就会勒紧他的脖子；他想要到天空中去，地球上的那根就会勒住他。尽管如此，他拥有一切可能性，他也感觉到这一点；是的，他甚至拒绝把这整个情形归结于第一次被缚时所犯的一个错误。

67

他追逐着事实，犹如一个初学滑冰者那样，而且他无论什么地方都滑，包括禁止滑冰的地方。

68

有什么比信仰一个家神更为快活！

69

理论上存在一种完美的幸福的可能性：相信心中的不可摧毁性，但不去追求它。

70/71

不可摧毁性是一体的；每一个人都是它，同时它又为全体所共有，因此人际间存在着无与伦比的、密不可分的联系。

72

同一个人的各种认识尽管截然不同，却有着同一个客体，于是又不得不回溯到同一个人心中的种种不同的主观上去。

73

他猛吃着从他自己桌上扔下的残食，这样他虽然有一阵子肚子比谁都饱，却耽误了吃桌子上的东西；于是后来就再也没有残食被扔下来了。

74

假如天堂中应该被摧毁的东西是可摧毁的，那么这就不是关键性的；但假如那是不可摧毁的，那么我们就是生活在一种错误的信仰中了。

75

用人类来考验你自己吧。它使怀疑者怀疑，使轻信者相信。

76

有这种感觉："我不在这里抛锚"——就马上感觉到周身浪潮起伏，浮力陡增！

一个突变。回答问题时瞻前顾后、小心翼翼、怀着希望、窥测着方向，绝望地在问题的那不可接近的脸上探索着，跟着它踏上最荒唐、亦即为回答所避之唯恐不及的道路。

77

与人的交往诱使人进行自我观察。

78

精神只有不再作为支撑的时候，它才会自由。

79

性欲的爱模糊了圣洁的爱；它单独做不到这一点，但由于它自身无意识地含有圣洁的爱的因素，它便能做到。

80

真理是不可分割的，所以它无法认识自己，谁要想认识它，那必定是谎言。

81

谁也不能要求得到归根结底对他有害的东西。如果在哪个人身上有这种表象——这种表象也许一直是有的，那么可以这样来解释：某人在一个人身上要求某物，此物虽然对这个某人有益处，却对为评判此事而被牵扯进来的第二个某人有严重损害。如果那个人从一开始，而不是直到评判时，就站在第二个某人一边，那么第一个某人也许就消失了，于是那种要求也随之消失。

82

我们为什么要为原罪而抱怨；不是由于它的缘故我们被逐出了天堂，而是由于我们没有吃到生命之树的果子所致。

83

我们之所以有罪，不仅是由于我们吃了认识之树的果子，而且还由于我们没有吃生命之树的果子。有罪的是我们所处的境况，与罪恶无关。

84

我们被创造出来，是为了在天堂生活，天堂是为我们的享受而存在的，如今我们的使命已经改变了，天堂的使命是否也随之改变呢？则没有人说出。

85

恶是人的意识在某种过渡状态的散发。它的表象并非感性世界，而是感性世界的恶，这恶在我们的眼里却呈现为感性世界。

86

自原罪以来，我们认识善与恶的能力基本上是一样的；尽管如此，我们却偏偏在这里寻找我们特殊的长处。但在这种认识的彼岸才开始出现真正的不同。这种相近的表象产生于下述原因：没有人仅仅获得这种认识便满足了，而一定要务力将这种认识付诸实施。但他没有获得这方面的力量，所以他必须摧毁自己，即使要冒这样的风险：摧毁自己后甚至可能会得不到那必要的力量，但对他来说没有别的办法了，只有作此最后的尝试（这也是吃认识之禁果这一行动所包含的死亡威胁之真谛；也许这也是自然死亡的本来意义）。面临这种尝试时他畏惧了；他宁可退还对善与恶的认识（"原罪"这一概念可追溯到这种恐惧），但已经发生的事情无法倒退，而只能搅混。为此目的产生了种种动机，整个世界为它们所充斥，甚至整个可见的世界也许亦只不过是想要安宁片刻的人们的一种动机而已。这是一种伪造认识之事实的尝试，是将认识搞成目的的尝试。

87

一种信仰好比一把砍头的斧，这样重，又这样轻。

88

死亡在我们面前，就像挂在教室墙壁上一幅描写亚历山大战役的画，要通过我们这一生的行动来使之暗淡或干脆磨灭它。

89

一个人有自由的意志，体现在三个方面：第一，当他愿意这种生活时，他是自由的。现在他当然不能回去了，因为他已不是当时愿意这种生活的他了；而就这点而言，他生活着又何尝不是实施他当初的意愿的方式。

第二，在他可以选择这一生的行走方式和道路时，他是自由的。

第三，他的自由表现在：他作为那样一个人（他有朝一日将重新成为那样一个人），怀着一种意愿：在任何情况下都沿着这一人生道路走下去，并以此方式恢复自我。诚然，他走的是一条虽可选择，但繁如迷宫的道路，以致这一生活中没有一块小地方不曾被他的脚印所覆盖。

这就是自由意志的三重性，但它也（同时）是一种单一性，而且从根本上说是铁板一块，以致没有一点空隙可容纳一种意志，无论是自由的还是不自由的。

90

两种可能：把自己变得无穷小或本来就是这么小。第二种是完成式，即无为；第一种是开端，即行动。

91

为避免用词上的误解，需要以行动来摧毁的东西，在摧毁之前必须牢牢抓住；自行粉碎的东西正在粉碎，但却无法摧毁。

92

最早的偶像膜拜一定是对物的恐惧，但与此相关的是对物的必然性的恐惧，与后者关联的方是对物负有责任的恐惧。这种责任似乎非常重大，以致人们不敢把它交给任何非人的力量，因为即使通过一种生物的中介，人的责任仍不可能充分减轻，仅仅同一种生物交往，也将会留下责任的许多印证。所以人们让每一种物都自己负责；不仅如此，人们还让这些物对人相对地负起责任来。

93

最后一次心理学。

94

生命开端的两个任务：不断缩小你的圈子和再三检查你自己是否躲在你的圈子之外的什么地方。

95

有时恶握在手中犹如一把工具，它自觉不自觉地、毫无异议地让人撂在一边，只要人们想要这么做的话。

96

生的快乐不是生命本身的，而是我们向更高生活境界上升前的恐惧；生的痛苦不是生命本身的，而是那种恐惧引起的我们的自我折磨。

97

受难是这个世界的积极因素，是的，它是这个世界和积极因素之间的唯一联系。

只有在这里，受难就是受难。那些在这里受难的人并非在别的地方会由于这种受难而升腾，而是：在这个世界上被称为受难的事，在另一个世界上（一成不变，仅仅摆脱了它的反面）是极乐。

98

关于宇宙的无限宽广和充实的想象是把艰辛的创造和自由的自我思索之混合推到极端的结果。

99

对我们尘世生活短暂性的理由的永恒辩护哪怕只有半点相信，也要比死心塌地相信我们当前的负罪状况令人压抑得多。忍受前一种相信的力量是纯洁的，并完全包容了后者，只有这种力量才是信仰的尺度。

有些人估计，除了那原始大欺骗外，在第一件事情中都有一个独特的小骗局在针对着他们，这好比是：当一出爱情戏在舞台上演出时，女演员除了对她的情人堆起一副虚假的笑容外，还有一副特别隐蔽的笑容是留给最后一排楼座中完全特定的一个观众的。这可谓"想入非非"了。

100

关于魔鬼的知识可能是有的，但对魔鬼的信仰却没有，因为再没有比魔鬼更魔鬼的东西了。

101

罪愆总是公然来临，马上就会被感官抓住。这归结于它有许多根子，但这些根子并不是非拔出不可的。

102

我们周围的一切苦难我们也得忍受。我们大家并非共有一个身躯，却共有一个成长过程，它引导我们经历一切痛楚，不论是用这种或那种形式。就像孩子成长中经历生命的一切阶段，直至成为白发老人，直至死亡（而这个阶段从根本上看似乎是那以往的阶段——无论那个阶段是带着需求还是怀着畏惧——所无法接近的），我们同样在成长中经历这个世界的一切苦难（这同人类的关系并不比同我们自己的关系浅）。在这一关系中没有正义的容身之地，但也不容用对苦难的惧怕或将其作为一个功劳来阐述苦难。

103

你可以避开这世界的苦难，你完全有这么做的自由，这也符合你的天性，但也许正是这种回避是你可以避免的唯一的苦难。

104

一旦欺骗消除，你就不能朝那边看了，或者说你会变得呆若木鸡。

105

这个世界的诱惑手段和关于这个世界只是一种过渡的保证符号，实际上是一回事。这是有道理的，因为只有这样这世界才能诱惑我们，同时这也符合实情。可是最糟的是，当我们真的被诱惑后便忘记了那个保证，于是发现善将我们引入了恶，女人的目光将我们诱到了她的床上。

106

谦卑给予每个人——包括孤独地绝望着的人——以最坚固的人际关系，而且立即生效，当然唯一的前提是，谦卑必须是彻底而持久的。谦卑之所以能够这样，是因为它是真正的祈祷语言，同时是崇拜和最牢固的联系。人际关系是祈祷关系，与自己的关系是进取关系；从祈祷中汲取进取的力量。

107

大家对A都非常友好，就像是人们小心翼翼地保护着一张出色的台球桌，连优秀的台球手都不让碰，直到那伟大的台球手到来，他仔细地检查桌面，不能容忍在他到来之前造成的任何损坏。然后，当他自己开始击球时，却以最无所顾忌的方式大肆发泄一通。

108

"然后他回到他的工作中去，仿佛什么事都不曾发生似的。"这是一句我们熟悉的话，记不清在多少旧小说中出现过，虽然它也许没有在任何小说中出现过。

109

"不能说我们缺乏信仰。单是我们的生活这一简单的事实在其信仰价值方面就是取之不竭的。"——"这里面有一种信仰价值吗？人们总不能不生活。""恰恰在这'总不能'中存在着信仰的疯狂力量；在这一否定中这种力量获得了形象。"

你没有走出屋子的必要。你就坐在你的桌旁倾听吧。甚至倾听也不必，仅仅等待着就行了。甚至等待也不必，保持完全的安静和孤独好了。这世界将会在你面前自愿现出原形，不会是别的，它将如醉如痴地在你面前飘动。

纪伯伦

卡里·纪伯伦（1883—1931），黎巴嫩旅美派作家、诗人和画家。
1920年发起创建《笔会》，任会长，遂成为阿拉伯旅美派文学领袖。
作品有浓郁的浪漫主义和象征主义色彩，常融诗情与哲理于一体，
寓意深刻、隽永，别具一格。作品甚丰，有中篇小说《折断的翅膀》、
散文诗集《泪与笑》《先知》等。

※ 欢笑和泪珠

太阳从那些草木青翠的花园中收敛起自己金色的余晖，月亮从地平线上升起，向大地洒下温柔的光明。我坐在花园的树丛下，凝视着这一幕又一幕的天空的变化。我透过树枝的缝隙，注视着满天的星辰，它们似许多银币撒落在蔚蓝色的地毯上，谛听着远处峡谷中小溪的淙淙流水声。

飞鸟栖息在繁茂的枝叶间，百花合上了眼睛，万籁俱寂。我忽然听到草地上传来沙沙的脚步声，便循声望去，猛地见到一对青年男女。他们坐在一棵枝繁叶茂的树下。我能见到他们，却不被他们发觉。

小伙子向四周望了望，我听他说道："坐在我身边，亲爱的，听我说。你笑一笑，因为你的微笑是我们未来的象征；你高兴吧，因为岁月已经为我们而高兴。我的心中还有疑惑：那就是你心里总在怀疑，而怀疑爱情是一种罪过，亲爱

的。

"这皎洁的月光照耀下的大片土地都归你所有，不久，你就成为它的女主人了；这座不亚于王宫的公馆，也要归你掌管了。我的骏马会载着你去游览，你将乘坐我的华丽的马车去舞厅和剧场。

"你笑一笑，亲爱的，就像我的宝库里的黄金那样微笑吧。请你看我一眼，要像我父亲看珠宝那样看我。听我说，我亲爱的，我的心执意要对你一诉衷肠。我们要度过一个真正的蜜月，不，是一个蜜年。我们带上许多许多钱，去瑞士的湖边，意大利的娱乐场，尼罗河畔的宫殿，黎巴嫩杉树荫下，度过我们的蜜年。你要会见公主、贵妇，她们会羡慕甚至妒忌你的首饰和衣服。所有这些都是我给你的，你还不满足吗？啊，你笑得多么甜啊！你的微笑就像我命运的微笑一样。"

过了一小会儿，我见他俩慢慢走着，脚踩着鲜花，像是富人践踏着穷人的心。

他们从我的视界中消失了，可我还在思索着金钱之于爱情的地位。我想，金钱是人类万恶之源，而爱情是幸福和光明之源。

这些念头如舞台换景似的闪过，我感到茫然，直至两个人影经过我的面前。他们坐在不远处的草地上。又是一对青年男女，来自农场的田间，那里有农民的茅草房。过了一小阵儿扣人心弦的静默，我听到说话声，中间还伴随着叹息声。说话的是小伙子，看样子他患有肺病。

他说："擦干你的眼泪，亲爱的。爱情使我们睁开了眼睛，让我们成为它的奴仆，赋予我们坚忍顽强的品格。擦干你的眼泪，高兴点，因为我们为了爱情而志同道合。为了甜蜜的爱情，我们忍受贫穷、苦难和离别的痛苦。我一定要同岁月争斗，直到赢得一笔值得放到你面前的财产，它将帮助我们度过生命的各个阶段。亲爱的，爱情就是上帝，他接受我们的叹息和眼泪，像接受香火一样。他奖给我们应得的命运。亲爱的，我要同你告别，不等月亮消失我就上路了。"

随后我听到一阵轻柔的声音，其间夹杂着炽热的火一般的喘息。那声音出自一位温柔的少女，她把内心的一切都融进了言谈话语间——爱情的炽热、离别的痛苦和坚忍不拔的甜美。她说道："再见，亲爱的。"

不久，他俩分了手。我坐在那棵树下，怜悯像许多只手抓挠着我的心。这个世界上的许许多多奥秘，真让我理不出头绪。

我注视着沉睡的大自然，久久地打量着，才发现其中有一样无边无垠的东西，一种金钱买不到的东西。我发现那是秋季的泪水抹不掉的东西，严冬扼杀不了的东西。那是瑞士的湖畔、意大利的游览地所没有的东西。我发现它坚忍不拔，春季萌芽，夏天结果。我发现它就是爱情。

※ 魔鬼

扈利·赛姆昂是位学者，精通心理学、神学，对重罪和轻罪有深刻见解，还掌握地狱、炼狱和天堂的详情。

扈利奔波于黎巴嫩北部的山区村庄，向人们布道，治疗他们的精神疾病，把他们从魔鬼的纠缠中拯救出来。魔鬼是扈利·赛姆昂的敌人，他同魔鬼日夜交战，从不懈怠。

村民们款待扈利·赛姆昂，常以金银酬谢他的说教和祈祷词，还争先恐后地把树上最甜美的果实、田园里最好的谷物赠送给他。

秋天的一个傍晚，扈利·赛姆昂正在去往山区的一个孤单单的小村的路上，在村外一处空旷的地方，他听到路旁传来凄惨的呻吟声。他循声望去，只见一个男子赤身裸体地躺在一块石头上，头部和胸部有多处伤口，浑身血迹，不时发出呼救的喊声："救救我！帮我一把！可怜我，我快死了。"

扈利·赛姆昂茫然不知所措，望着那痛苦不堪的男子。过了一会儿，他心想：这是个可恶的强盗，我猜他是拦路抢劫，反被人打伤，正气息奄奄；他是个坏蛋，如果他死了，我也是无辜的！

他正要离开，受伤的人却叫住他："别丢下我不管，别丢下我不管！你认识我，我也认识你的。我非死在这里不可了……"

扈利此刻脸色发黄，嘴唇哆嗦，心想：这是个疯子，在野外迷了路。但他旋即又想：看他伤口的情形怪吓人的。我该怎么办？心理医生治不了肉体的伤口。

扈利刚走几步，受伤的男子以令人毛骨悚然的声音叫道："你过来呀，走近点！我们早就是朋友了，你是扈利·赛姆昂，一个善良的'牧羊人'。而我，既不是强盗，也不是疯子。靠近我，别让我死在这里，这里空荡荡的。我会告诉你我是谁。"

扈利·赛姆昂靠近那个垂死的人，弯腰看去。发现其面相不比常人，聪明之中夹杂着几分狡诈，丑陋中透出俊秀，凶狠中又不乏温柔。扈利倒退几步，大叫道："你是什么人？"

垂死的人以微弱的声音说："别怕！大叔，我们是老朋友了。帮助我站起来，把我带到旁边的小溪边，用你的毛巾洗洗我的伤口。"

扈利大声说："告诉我，你是谁？我不认识你，我不记得过去见过你。"

受伤的人以垂危的声音回答道："你知道我是谁，你见过我上千次，你到任何地方都会见到我的脸。我是最接近你的人，也是你生活中最可亲近的人。"

扈利大声说道："你是一个诡计多端的骗子！人都快死了，最好讲实话。我活这么久，从未见过你。说，你是谁，否则我就丢下你，让你在血泊中死去。"

受伤的人扭动了一下身体，抬眼望着扈利，唇边绽出意味深长的微笑。他平静、温柔和深沉地说："我是魔鬼。"

扈利惊叫起来，整个山谷为之震动。他仔细审视那个快死的人，发现他的身量、容貌同村里教堂墙上挂的那张魔鬼像一模一样，便颤抖地说："上帝让我看见你的丑恶的面孔，使我加倍憎恨你，愿你永远受诅咒！"

魔鬼说："不要那么着急，大叔，不要再说空话浪费时间了，还是靠近点，快给我包扎伤口，免得我灵魂出窍。"

扈利说："我的手指每天捧着神圣祭品，不能触摸你这用地狱渣滓做成的身体。你千秋万代受到人类诅咒，因为你是世代的敌人，干着灭绝人类的勾当。"

魔鬼急不可耐地说："你不知道你在说什么，也不知道你正在对自己犯下了罪过。听着，我给你说说我的故事：今天，我独自走在这条山谷里，遇上一群天神派来的壮汉，他们突然向我扑来，把我打得遍体鳞伤。要不是他们中间有个拿着双刃宝剑的，无比勇猛，我能把他们都杀光。可惜，当时，我手无寸铁，面对那全副武装的天神，实在是无能为力。"

魔鬼停下来，用手按住腰部的伤口，接着说："那位武装的天神，我想就是米哈依尔了，他精通剑术。我如果不是倒在地上，生命垂危，会把他们一个一个都杀光。"

扈利带着胜利和征服的腔调说："我为米哈依尔祝福，他把人类从卑鄙的敌人手中拯救了出来。"

魔鬼便说："我对人类的敌意，并不比你对自己的敌意更强烈。你为米哈依尔祝福，可是他什么也没给你。我受了伤，你就瞧不起我，甚至还侮辱我，其实正是我过去和现在都给了你幸福和安逸。你在我的庇荫之下，能否认我对你的恩惠吗？或许你无视我的存在，不执行我的意志。我过去使你心满意足，能代替我的现在和将来吗？难道你的财富已多到不能再多的程度了？难道你不知道，如果没有我，你的妻儿会失去面包，你会丢掉生计；假若我注定要死，就算是大风吹走了我的灵魂，你还有什么可干的呢？二十五年来，你一直在这些山村漫游，反复告诫人们躲避我给他们带来的灾难。人们感谢你，将自己的财宝和地里的收获献给你。假如他们得知他们的敌人——魔鬼已经死了，还会送你什么礼物吗？你是位精明的神学家，难道你不懂下面的简单道理：即魔鬼的存在，决定了其敌人——祭司的存在吗？这是固有的敌对关系，它像一只神秘的手，将信士口袋里的金银偷偷地转移到祭司的口袋里。你是个专家学者，难道不明白时势造英雄，时势消亡了，英雄也就不存在了吗？如果是这样，你怎么会希望我死呢？因为，你的地位将因我的死亡而丧失，你的生机因我的死亡而中断，更不用说你寻找面包去果妻儿之腹了。"

魔鬼沉默了一小会儿，脸上展现出恳求的神情，然后接下去说："你这个顽固的傻瓜，听我说。我让你看看我们密切相连的事实。初始，人们在阳光下振臂高呼：'七重天上，有从善如流的伟大天神。'然后转过身来，见到自己的影子，又喊：'九层地下，有为非作歹的可恶魔鬼。'他们走向山洞，低声地自言自语：'我处于两位神灵之间，一位是我服从的神，另一个是我反抗的神。'日月荏苒，人处于两种绝对力量之间：一种带着人的灵魂升天，人为之祝福；另一种拽人入地，人报以诅咒。但是，人并不知道祝福的意思，也不理解诅咒的涵义。而且，人处于这两种力量之间，像是一棵树，夏季披上绿装，冬季枝干光秃。当人进入文明时代，在文明的曙光下，出现了家庭，接着形成了部落。由于兴趣各异，劳动出现了分工，随之产生了不同的职业，部落里的人有的耕种土地，还有的人建造房舍，有的缝制衣服，还有的冶炼金属。在那遥远的时代里，地球上出现了祭司，这是人类创造的第一个不为人类或自然社会所需要的职业。"

魔鬼有一分钟不说话，然后放声大笑，声震空荡的山谷。似乎是这大笑震裂了它的伤口，它不得不痛苦地用手捂着腰。魔鬼凝视着扈利·赛姆昂，说道："就在那个时代，地球上出现了祭司，我的兄弟，让我给你说说祭司是怎样出现的吧。在原始部落里，有一个叫拉维斯的男子，我不知道谁给他起了这么一个怪名字。拉维斯是个聪明人，但懒得出奇。他讨厌耕种田地和建造房屋，也不喜欢狩猎放牧。换句话说，凡是需要动手的工作，他都讨厌。那时候，不劳动什么也得不到，而拉维斯却什么都不干，总是饿着肚子过夜。在一个夏日的夜晚，一些人聚坐在部落首领的家门口，谈着一天的见闻，等着困倦后去睡觉。突然一个人站了起来，惊慌地指着月亮喊道：'你们看哪，夜光之神的脸色都变得暗淡无光，成了一块挂在天上的黑石头。'人们都望着月亮，不由得鼓噪起来；人人担惊受怕，坐立不安，仿佛都被黑夜之神挖走了心肝。人们亲眼目睹夜光之神逐渐变成了一个黑球，地球也随之变暗了，群山河谷蒙上了一层黑纱。此刻，曾见过多次日食和月食的拉维斯走到人群当中，双臂举向空中，装模作样地摆弄一番后，大声喊道：'你们跪拜吧，祈祷吧，用土抹在脸上。黑煞神正同夜光之神厮杀——假如黑煞神胜了，我们就完蛋了；只有夜光之神取胜，我们才能活下去。跪拜吧，祈祷吧！用土抹脸，闭上眼睛，别抬头望天，谁看见夜光之神和黑煞神的搏斗，就会失明和神经错乱，并且要失明和发疯一辈子。跪下祈祷吧，用你们的心帮助夜光之神战胜敌人。'

"拉维斯一直用这种口气说话，他凭幻想创造一些新名词，标新立异，便不断重复着刚学到的几个词。过了半个小时，月亮恢复了圆满和庄重。拉维斯提高嗓门，欢欣地说：'现在停下来吧，你们看，夜光之神战胜了黑煞神，在星辰行列之中继续自己的路程。你们要知道，是你们用跪拜和祈祷帮助夜光之神战胜黑

煞神，所以你们现在看到夜光之神更加皎洁明亮。'

"人们停下来，望着月亮，它果然光明如初。他们的恐惧之情为之一消，欢喜雀跃，有人翩翩起舞，还有人手舞棍棒，敲击铁桶铜盆，欢呼声充满了山谷……

"就在这个夜晚，部落头领把拉维斯叫到面前，对他说：'今天晚上，你给我们带来了前所未有的喜讯。除你之外，我们谁都不了解生命的奥秘。我非常兴奋地告诉你，从现在开始，你就是这个部落里仅次于我的第二号人物了。我是力气最大和最勇敢的人；你足智多谋，学问最大，而且是我与神之间的中间人，你向我转达神的旨意，为我说明神的功绩和秘密。为了取得神的宠爱和欣喜，告诉我，我该做些什么？'

"拉维斯回答说：'神托给我的梦，我会原原本本地告诉你；神有什么旨意，我也如实转告。我的确是你和神之间的中间人。'

"头领大喜，随即给了拉维斯两匹马，七峰骆驼，七十头牛犊，七十只羖羊，七十只母羊。头领说：'我还要派最强壮的男人为你建造一座跟我这座住宅一样的住宅。每到季节之末，人们会把土地上收成的一成献给你，你将显赫地受人尊敬地生活。'

"此时，拉维斯站起来要走，头领拦住他，问道：'这个叫黑煞神的是个什么神灵？它怎么敢同夜光之神厮杀？我们从未听说有这么个神灵存在。'

"拉维斯搔搔额头，回答说：'在很久以前，还没有人类的时候，所有的神祇都和睦相处，生活在银河后一个遥远的地方。大力神是众神之父，众神之王，知诸神所不知，能诸神所不能，独自保守着永恒律法里的部分宇宙秘密。在十二纪的第七代，巴阿塔尔因厌恶大力神而反叛。他站到大力神父王面前，说道：'你为什么要对所有生灵保持绝对权力，不让我们知道宇宙律法和历代秘密？难道我们不是你的子女，不能同你分享权力和永恒吗？'

"神王大怒，答复说：'我将永远为自己保持第一等地位、绝对权力和根本秘密。我就是始，我也是终。'巴阿塔尔说：'如果你不让我分享你的权势，我和我的子孙就要造你的反。'此时，神王站在宝座上，抽出银河当宝剑，抓住太阳作盾牌，大吼一声，震得宇宙发抖。神王生气地说：'可恶的叛逆，还不滚到下界，在黑暗、阴森之中永远游荡去吧！去等着太阳化为灰烬，星辰变成尘埃。'在那个时候，巴阿塔尔离开天界，来到人间群魔栖身的地方。巴阿塔尔暗自发誓，决心对抗父兄，与那些敬重父兄的人为敌。

"头领紧皱眉头，面色如土，说道：'那么，黑煞神就叫巴阿塔尔了？'

"拉维斯回答道：'巴阿塔尔是神名，但下到人间后，有许多名字，像白阿莱兹博尔、易卜里斯、塞特纳伊尔、白勒亚尔、宰姆亚尔、艾赫里马尔、麻里赫、艾卜顿和魔鬼，最出名的就是魔鬼。'

"头领重复着魔鬼这个名字，声音嘶哑，活似风刮到枯树上所发出的响声。过了一会儿，头领说：'天哪，魔鬼为什么那么憎恨人类呢？'

"拉维斯回答道：'魔鬼之所以憎恨人类，想灭绝人类，是因为人类是魔鬼兄弟姐妹的后裔。'

"头领慌张地说：'那么，魔鬼是人类的叔伯、舅舅了？'

"拉维斯态度暧昧，慌乱地说：'是的，主人，不过，魔鬼是人类最恶毒的敌人，使人类的白昼充满灾难，让人类的夜晚充满噩梦。魔鬼是一种力量，将暴风引向人类的住所，以怒火焚烧人类的田园，用瘟疫染上人类的牲畜，使疾病传上人类的躯体。魔鬼是凶恶、残忍、冷酷和恶毒之神，它为我们的苦难欢笑，为我们的欢乐悲伤。我们应该掌握魔鬼的特性，防止其恶毒用心；我们必须研究魔鬼的品性，以摆脱其阴谋诡计。'

"头领头垂在手杖上，低声说：'我现在明白了过去不明白的秘密，那巨大而神奇的力量的秘密。是魔鬼让暴风袭击我们的住房，给牲畜降下瘟疫。拉维斯，以后人们知道了这全部的秘密，会祝福你的，会感谢你为他们展示了敌人的秘密，还教他们如何防范。'

"拉维斯离开头领，走向自己的住所。他为自己聪明的主意而得意，为想象中的美景而陶醉。而头领及其下人这一晚上未能入睡，辗转反侧，睁眼见周围都是恐怖的幻影，闭眼则噩梦不断。"

受伤的魔鬼说完后停了一会儿。扈利·赛姆昂注视着魔鬼，见它目光散乱，唇间绽出垂死的笑意。

魔鬼接着说："就这样，地球上出现了祭司，我的存在就是出现祭司的原因。拉维斯是第一个以同我为敌为职业的人。在他死后，靠着他的子子孙孙这种职业流行并逐渐发展壮大起来，终于形成了一门神圣而细腻的艺术，只有那心智健全、灵魂高尚、精神纯洁、想象丰富的人才能掌握。在巴比伦，每当祭司向人们说教与我为敌时，他们要向他跪拜七次；在尼尼威，人们把自称了解我的秘密的人视为联系人与神的金纽带；在塞伊卜，人们把与我抗衡的人冠以日月之子的头衔；在巴比勒斯、艾弗西斯、安塔基亚等地，人们教育子女讨好我的敌人；在耶路撒冷和卢迈，人们为唾弃、疏远我的人捐躯。在阳光下的每一座城市，我的名字是宗教、科学、艺术和哲学机构的中心，庙宇因我而建立，学校和院校因我的出现而存在，宫殿、高塔的拔地而起均源于我的地位的提高。

"正是我，使人们有了信念，在思索中产生了计谋，手脚活动开了。我是永恒的魔鬼，是为了人类能继续生存而同他们搏斗的魔鬼。倘若人们停止与我搏斗，思想便会僵化、愚钝，精神便会慵懒、颓废，身体便会疲软、无力。

"我是永恒的魔鬼。我是无声的暴风，驰骋在男子的脑海和女人的心胸里。我使他们向往寺院、修道院，因惧怕我而赞颂我；或者，我让他们沉迷于烟花柳巷，以服从我的意志为乐。修士虔诚地在静夜中祈祷，让我离开他的床榻，实际上一如娼妓在拉客。

"我是永恒的魔鬼。我以恐惧为基础，建造了寺院和修道院；我以嗜好和享乐为基础，建立了酒馆和烟馆。假如我不存在，那么世界上的恐惧和享乐也就不存在，人们的理想与愿望也就不存在，生活便似断了弦的吉他，无声无息，冷清乏味。

"我是永恒的魔鬼。我暗暗鼓吹欺骗撒谎、挑拨离间、诅咒谩骂、背信弃义、讽刺挖苦。世界上如果没有了这些，人类社会将变成被遗弃的花园，里面长满了荆棘和蒺藜。

"我是永恒的魔鬼。我是万恶之源。罪恶灭绝了，与之斗争的人也不见了，你也消失了，你的子子孙孙、同事和伙伴也都不存在了。我是万恶之源。你愿意因我的死亡而造成罪孽的消亡吗？您愿意因我心脏停止跳动而停止人类的活动吗？你愿意以消灭诽谤来消除谩骂吗？我是真正的万恶之源，你愿意让我死在这空荡的不毛之地吗？回答我，神学家。你愿意中止我们之间自亘古以来就存在的关系吗？"

魔鬼张开双臂，挺直脖子，叹了一口长气，原来灰白色的身体转为绿色，犹如尼罗河畔的历经世代风雨的古埃及雕塑。

魔鬼睁着大眼，凝视着扈利·赛姆昂。魔鬼说："我身负重伤，本不能同你长谈，现在说得筋疲力尽。奇怪的是，我竟然滔滔不绝地向你讲述一个你比我更明白的道理，说明一件对你比对我更有利的事情。事情到了这个地步，就随你的便吧。你可以把我背回你家，为我治伤；也可以把我扔在此地，死了了事。"

魔鬼说这番话时，扈利·赛姆昂哆嗦着搓着手。过了一会，扈利惊慌失措地说："我刚刚明白了从前所不明白的事，原谅我的愚昧无知。我知道，你存在于这个世界，是为了检验。这种检验是上帝度量人类心理的尺度，是称量人类灵魂轻重的天平。我现在知道你假如死了，检验也不复存在，使人们保持警惕的精神力量也随之消失，引导人们祈祷、斋戒和崇拜的原因也不存在了。因此，你要活下去，只要你活下去，人类便远离不道德的行为。至于我，出于对人类的爱戴，不再憎恨你了。"

魔鬼爆发出类似火山爆发的大笑，随后说道："尊敬的老人家，你是多么聪明，多么豁达；你对于神学的理解是多么深刻。从你渊博的知识中，我找到了前所未见的自我存在的理由。现在，我们都理解了客观原因，我们应该离开这个地方。靠近我，过来，把我背到你家里，我的身体不沉，而且已经流了一半的血，天已不早了。"

扈利·赛姆昂靠近魔鬼，挽起袖子，把袍子下摆塞进腰里，背起魔鬼，朝回家的路上走去。

夜幕笼罩下的山谷万籁俱寂。扈利·赛姆昂背着一个赤身裸体的大汉向自己的村子走去；那个大汉鲜血淋漓，给扈利的黑袍和散乱的胡须染上了血迹。

※ 福佑城

年轻时听人说起这么一座城市，城里的所有人都恪守着天条生活。

我想，我该去寻找这座城市，求得那边的福佑。

城市极远，我备足了食物，整整走了四十天才望见。第四十一天，我走进了城里。

哎呀，城里的人竟然个个独眼独手！我非常惊讶，自问："这座圣城里的居民都必须独眼独手吗？"

我马上发现人们也在惊讶地看我，大感于我的双目双手。在他们交头接耳时我问道："这儿就是人人照着天条生活的福佑城吗？"他们点头称是。

"你们怎么了？你们的右眼和右手呢？"

人们都激动起来，有些动心，说道："跟我们来看看吧。"

他们把我带到城中央的一座殿堂里，在里面我见到了一大堆眼珠与断手，都已经萎缩干枯。我失声叫道："天哪！什么样的强人如此残忍地加害你们？"

他们中有人低语起来，一位长者走出来说道："此乃我们自己所为。是上帝让我们成为强者，征服了自身中的邪恶。"

他又领我到一座高高的祭坛前，人们也在后面跟随。长者和我登上祭坛，我见到了雕刻成文的天条：

"若是你的右眼使你失足，剜下右眼丢掉，你割舍部分肢体，实在要胜过将全身沦落地狱；若是你的右手使你失足，斩下右手丢掉，你割舍部分肢体，实在要胜过将全身沦落地狱。"

明白了。我转过身子，对着人们大声问道："你们中没有男人，或女人，还有健全的双目双手吗？"

"没有，没有一个，除了那年幼而未识天条、不懂圣命的童孺。"

出了殿堂，我赶紧离开了这座福佑城。因为我不是童孺，而且识得天条了。

※ 往昔之城

　　人生领着我伫立在青春山上，示意我向后看。我便观察起来：眼前突然出现了一座城市，怪模怪样的，坐落在一座原野上。原野上香雾冉冉，五彩缤纷，阳光在云彩中折射出神奇的色彩。

　　我问道："人生呀！那是什么地方？"

　　它回答："那是往昔之城，仔细瞧瞧吧！"

　　我仔细地观察着，望着。我看见：

　　行动学院像睡梦羽翼下的巨人般坐着；言语寺院的周围游荡着一群灵魂，时而发出绝望的呼喊，时而歌颂着希望；宗教庙宇，信仰将其建起，怀疑把它毁坏；理论尖塔高耸入云，宛如伸手要饭的乞丐；嗜好的街道向四面八方铺开，犹如河水在山间流淌；秘密仓库由隐蔽看守，却遭到探询的盗贼偷窃；进取的城堡，由勇气建成，却毁于畏惧；理想的大厦，夜晚将其装饰，清晨将其摧毁；简陋的茅草房，软弱在里面居住；孤独的礼拜寺，里面伫立的是自我牺牲；知识的俱乐部，智慧使其灯火辉煌，愚昧让它黯然无光；爱情的酒馆里，情人酩酊大醉，空虚让他们感觉羞愧；行动的舞台上，生活演出幕幕戏剧，死神来临，悲剧告终。

　　这就是往昔之城，若隐若现，既远又近。

　　人生在我前面行走，说道："跟我来，我们停得太久了。"

　　我问道："上哪里去，人生？"

　　人生回答："去未来之城。"

　　我便说："请稍等，我走累了。岩石磨破了我的脚，各种障碍使我筋疲力尽。"

　　人生说："前进！止步不前就是怯懦，朝往昔之城观望就是愚蠢。"

※ 掘墓人

在那白骨遍地、骷髅成堆的幽灵之谷，在那浓雾迷漫、群星敛道的漆黑之夜，我孤零零的一个人茫然四顾，阴森可怕。

那里的血泪河像吐着芯子的蛇在蠕动，像贪婪的罪犯在奔走。我站在这血泪河畔，两眼盯着那空荡荡的前方，侧耳静听幽灵的耳语。

半夜时分，幽灵大军倾巢出动了。我听见沉重的脚步声，由远及近地向我走来。我左顾右盼，突然看到一个可怕的巨大幽灵站在我的面前，我惊愕地喊叫了起来，"你要干什么？"

他瞪着两只像萤火虫一样的闪闪发光的眼睛，泰然说道："我什么都不要，我什么都要。"

我说："请给我方便吧，你走你的路！"

他微笑着说："我有什么路可走，你的路就是我的路；你行我行，你止我止。"

我说："我就是为了寻求孤独而来，请让我和孤独在一起吧！"

他说："我就是孤独，你为什么怕我呢？"

我说："我不怕你。"

他说："你若不怕我，为什么像带子那样随风抖动呢？"

我说："风在戏弄我的衣衫，是它在抖动，而不是我。"

他哈哈大笑，就好像狂风突起一般，然后他说："你是一个胆小鬼，你怕我，你心虚。你所以惧怕我，是有双重原因的。但你企图用比蛛丝还要细弱的骗局来掩盖它，你在取笑我，你在激怒我。"

然后，他在一块石头上坐了下来。我盯着他那可怕的面孔，无可奈何地随他坐了下来。

在长如千年的瞬息之后，他用讥讽的口吻问我："你叫什么名字？"

我说："我叫阿卜杜拉。"

他说："有多少叫阿卜杜拉的啊？！真主的奴仆太多了，真主要为他如此众多的奴仆耗费多少心血啊！你何不叫魔鬼的主人呢！你何不以此给魔鬼们增加一分新的灾难呢！"

我对他说："我的名字叫阿卜杜拉，这是我降生时父亲给取的，这是一个亲切的名字，因此，我绝不改叫其他名字。"

他说："孩子们的灾难就隐藏在他们父亲的赐予之中。如果一个人不能从他父辈们的赐予中摆脱出来，那他将永远是死亡的奴隶，一直到死。"

我低头思忖着他的话语，回忆起那些如他所讲的梦幻一般的情景。接着他又问我说："你的职业是什么？"

我说："我作诗写文章，公开发表。对于生活，我有我的见解，我要向人们阐述。"

他说："这是已经过时的陈旧玩意儿。对于人们来说它无关痛痒。"

我说："为了有益于人们，我这一生一世应该做些什么呢？"

他说："你就把掘墓当作你的职业吧！这种职业将会使活人感到欣慰，以摆脱那些堆积在庭院、法庭和寺院周围的死尸。"

我说："我从未见到过庭院周围堆放着死尸啊。"

他说："那是因为你是用迷惘和虚幻的眼光去观察的，你看到人们在生活的暴风中瑟瑟发抖，你就以为他们还活着，而实际上，他们从降生到人世之时起就已经死掉了，只是尚未找到安葬人而已。他们就这样，一直被抛弃在阴湿的地方，已经腐烂发臭。"

这时，我已经不那么害怕了，便问道："那么，我如何分辨活人和死人呢？既然他们都在暴风中发抖。"

他说："死人在暴风中只是发抖而已；而活人则与暴风同行，奔驰向前，只有当暴风平息之时，他们才停住脚步。"

这时，他用手臂支撑着头部，他那结实的臂膀显露出强健的肌肉，犹如一棵冬青槲的树根，显示出刚强与活力。然后，他问我说："你结婚了吗？"

我说："是的，我结婚了。我的妻子是一位姿容俊美的女人，我十分钟爱她。"

他说："你犯了天大的过错，你太不幸啦！结婚只不过是人在习惯势力面前表现出的一种奴性而已。如果你想获得解放，你就把妻子休掉，过独身的生活。"

我说："我有三个孩子，大孩子刚会玩球，小孩子还刚在学语，我怎么办呢？"

他立即回答说："教他们掘墓。你给他们每人一把锹，就不要再管他们了。"

我说："我没有过孤独生活的能力。我已经过惯了同妻小一起的甜蜜生活，我一旦离开了他们，也就失去了幸福。"

他说："什么是人们同妻小一起的甜蜜生活呢？其实只不过是在黑色的苦难的表面上涂上一层白色的油漆而已。不过，如果你一定要结婚，那就同精灵的少女结合吧。"

我吃惊地说道："精灵并非真有其事，你为什么要骗我呢！"

他说："你这年轻人多么愚蠢啊！精灵以外的东西，也并非是真的。倘若那个人不是精灵，那他一定是来自一个莫名其妙的世界。"

我问他："精灵的女孩子也聪明俊美吗？"

他说："她们的智慧永不消亡，她们的美貌永不凋谢。"

我说："请你找一个女精灵来让我看看，我才相信。"

他说："如果女精灵能看得见摸得着的话，那我就不规劝你同她结婚了。"

我说："那么娶一个看不见摸不着的妻子又有什么益处呢？"

他说："天长日久就可以看到这种益处了，她可以根除那些在暴风雨中只会颤抖而不能随风奔驰的活物与死物。"

他转过脸去，过一会儿，又回过头来问我："你的宗教信仰是什么？"

我说："我信仰真主，尊重他的使者，热爱美德，向往来世。"

他说："这些词句都是你的先辈们编排出来的，你只不过鹦鹉学舌而已。简单的事实是，除了你自己，你不要信仰别的；除了你自己，你不要尊重别的；除了你自己的兴趣，你不要爱好别的；除了你自己的永恒你不要企盼别的。亘古以来，人就崇拜他自身。不过，人们根据他们的兴趣和愿望，给自己取了不同的称号罢了。有时称他自己为太阳神，有时又把他叫做木星神，还有的时候把他称做真主。”

他说完，哈哈大笑。透过那层冷嘲热讽的面纱，我看到了他的面孔。他又补充说：“那些自我崇拜的人多么奇怪呀！他们自己本来就是一具腐尸！”

对他的这些话，我进行了一番思索，发现他的话里包含了许多比生活本身更加离奇、比死亡更加可怕、比事实更加深刻的真理。我对他的外表和性格捉摸不定，急切地想弄清他的奥妙，于是我大声对他说：“你若也有主的话，请你以主的名义起誓，告诉我，你是什么人？”

他说：“我就是我自己的主。”

我说：“你叫什么名字？”

他说：“狂神。”

我说：“你出生在何处？”

他说：“在任何地方。”

我说：“何时出生？”

他说：“在任何时刻。”

我说：“是谁给你洞悉哲理的智慧？是谁向你披露了生活的秘密和存在之谜？”

他说：“我并非智者，智慧是贫弱者所具有的特征之一。我只是一个健壮的狂人。我行走起来，大地在我脚下颤动，我站立不动，群星便停止运行。我从魔鬼那里学会了对人类的嘲讽。在同精灵王国的国王们交往中，在同黑夜的天使们相处之后，我懂得了存在与虚无的秘密。”

我对他说：“你在这泥泞的山谷里做些什么呢？如何消磨你的白昼与黑夜？”

他说：“早晨我亵渎太阳，中午我诅咒人类，晚上我嘲弄大自然，深夜我跪倒在自己的面前，膜拜我自己。”

我说：“你吃什么，喝什么？在哪里安歇？”

他说："我与时间和大海一样从不睡眠。但我们吃人肉，喝人血，拿他们的干渴和喘息取乐。"

这当儿，他立起身，双臂交叉在胸前，盯着我的两眼，安然而又意味深长地对我说，"再见吧！我要到魑魅魍魉与天神合为一体的地方去了。"

我呼喊道："请稍等！再给我一分钟，我这儿有一个问题！"

这时他的一半身子已经隐没在黑夜的迷雾之中，他边走边回答道："狂神是不宽限任何人的。再见吧！"

黑暗的夜幕遮住了我的视线，他消逝了。我一个人站在那里，孤独，恐惧，彷徨，六神无主。此时此刻，对于他和我自己，都感到困惑不解。

当我举步离开这个地方时，我听到他的声浪在巍峨的岩石之间回荡："再见，再见吧！"

次日，我休弃了我的女人。同精灵的少女结了婚。随后我递给我的孩子每人一把锹和一把镐，对他们说："你们只要看到死尸，就把它埋入土中。"

从那时起直至今日，我一直挖墓穴埋死人，然而死人太多，我却孤独一人，谁来帮帮我呀！

安德烈亚·莫洛亚（1885—1967），法国小说家和传记作家。

他以一本深情而敏锐地观察英国人性格的小说《布兰勃上校的沉默》而开始文学生涯，

他写的传记有《雪莱传》《迪斯累利传》《伏尔泰传》和《普鲁斯特传》。

※ 结婚的艺术

假如恋爱的艺术是将短暂的欲望化为持久的情感的艺术，我们必须考虑有此种欲望的男性，到了某一时候，法律会对他说："且慢！你不能顺从你的动物本能去行动，除非你签订一个契约，依法使你所欲求的女人及你与她将生的子女发生联系。"

不管这种联系是严厉或松弛的，仪式与结婚契约几乎是普遍地为男女所要求的。我相信这是应当的，并将试着证明为何必须这样。但应先让结婚反对论者来发言。

第一位反结婚最力的代表是诗人雪莱，他说爱情置于约束之下必会消灭，而且放纵的情感冲动是不能由法律来管束的。但假如爱情与法律契约真是不相容的，为什么这种契约会一向被采行呢？

反对论者（都是男人们）会回答说："啊，那是女人们的保障，俾能永远俘虏鲁莽而爱她们的男子。"例如萧伯纳在他的《人与超人》中，曾争论说结婚是男人所不甘心忍受的，但却为女人所热切期望的。

显然的，反对结婚论者的论据中心是说结婚乃是一种制度，其主旨在稳定一些不能稳定的事物，使一些不能持久的东西持久。所有的人都承认肉体之爱一如饥与渴是一种天然的本能，但爱情的永恒却不是本能的。假如像许多男性的情形，肉体之爱必须有变换，那么为什么会有终身奉献的允诺呢？

反对论者说结婚消灭男人的勇气与智能。罗曼·罗兰说过："一个已婚的男子只不过是半个人。"

吉卜林的小说叙述一个剽悍的骑兵队队长葛滋比结婚后成为一个好丈夫，却立刻从英勇一变而为怯懦的军官。因他总想到妻子幼儿而保全自己的性命，他再也不敢作英勇惊险的驰骋。伟大政治家白理安主张政治家绝对不应结婚。

他说道："请看事实，我怎样经过长久而困难的事业尚能保持我的宁静呢？因为经过了一天的辛劳，到了晚上，我能够忘掉一切……我没有一位野心而嫉妒的妻子总准备向我提起我的同僚某人的成就，或提到别人对我难听的批评。……这是那些独身者的特有力量。"结婚使得一个人有了更多被攻击的弱点，宛如增大了一倍的帆船容易遭受社会生活的风暴之吹打。

天主教会虽然主张结婚反对纳妾，但不是更赞许他的传教士们保持极光荣的独身主义吗？道学家不是一再宣称结婚的哲学家是最荒谬的人吗？固然他可以除掉自己的弱点，但他却不能尽除他伴侣的弱点；假如夫妇中的女方具有较高超的精神价值，这种情形也同样地真实。结婚的反对论者说："夫妇俩的生活所在的心智水平线，是以二人中较平凡者为准绳。"男与女若在年轻时即同意结束滥情的生活，因之拒绝了冒险的寻求、邂逅新情人的陶醉，与再陷入情网的惊心的新鲜滋味，他们精力的主要源头已被断绝；他们注定过早地成为麻木不仁。他们的生活，仅刚开始便已终了。一种全由负担与义务所组成的生活，是无法打破其单调乏味。再没有希望，没有惊险，没有征服。他们的爱人不久便只忙于管理家务养育子女。

他们将走入老境而不知青春的乐趣为何。结婚毁坏了罗曼蒂克之爱。

以上是对结婚的猛烈攻击；但实际上结婚制度数千年来曾经过政治、宗教与经济的动摇，至今仍然存在。不但毫未消灭反而根基日固。

现今精神分析学家与小说家最常犯的错误是把生活看得太重要。近三十年来法国、英国，甚至美国的文学，除了少数例外，都成为一个大城市繁荣的写照，大多是给女人而很少给男人读的。在这些文学中男性被描写成了忘掉自己真正的任务是与别的男性奋斗去创造世界。这不该是为所爱的人所创造的世界，而是一个奇异美丽、使他感觉到他的使命是牺牲一切，甚至他的爱情与他的生命去创造的世界。现代的电影也太着重爱情而忽略工作。

女人的天性（完全为爱情所盘踞）与男子的天性（多为外界事物所占据）之间，不可避免的冲突有许多解决的方法。第一种是男子自我的优越，他是创造者。劳伦斯说过，"在男子心中占最高地位的并不是女人，而是他的宗教信心驱使他越过女人而达成他的崇高活动。在他的最上边，男子只服从上帝，因此耶稣说过，'女人，我与你做什么呢？'每个男子一旦有了发自他心中的任何工作或使命在手时，需要再向他的妻子或母亲说这句话。"

这就是一个有行动性的男人或艺术家反抗家庭的暴虐的原因甚或借口。托尔斯泰的出走是可怜的，因为他等到老年与将死时才做这无益的勇敢举动；但他心灵的逃避早就发生了。在他的学说与烦琐的家庭生活状况之间的不合是无法补救的。

高更遗弃他的太太、儿女与幸福，孤单地躲在大溪地，最后发现他真正的自己。不过这二种逃避乃是懦弱的象征。真正的创造者将迫使周围的人尊敬他。

歌德的家中没有女统治者；每逢有一个女子似乎要干涉他的使命的完成时，他就将她变成一个雕像；我的意思是说他就将她放进小说或诗里然后远离她。

如果必须在爱情与工作（或是爱情与义务）之间选择其一时，女人总是受苦并拿出最大的反抗力，我们曾听说过海陆军士兵为情感而牺牲他们的事业。本奈特曾写过一个奇怪的剧本，叙述一位著名的飞行家，经过各种困难之后得与他所爱的女子结婚。她是一位出色的女子，美丽、聪明，又富理想；她决心从最初起就使用不可抗拒的魔力。他们到一个山上旅馆过着异常快乐的生活。不久丈夫听说他的最高飞行纪录将被他的对手打破，他立刻急欲去同那个人争一高下。他的爱妻对他诉爱，他听着但心里却想着去驾驶飞机。最后她明白了他一定要走，她悲楚地问他是否晓得这新婚短短的几天欢聚，对她的一生与她的工作的重要，一如他的飞行事业对他的重要。但他却不晓得，并且无疑地，他应该不了解。

在一对快乐的伴侣生活中，女人自有她的任务与时宜。劳伦斯又曾说过，"但是男人并不能一天二十四小时都是壮美的奇才。耶稣或拿破仑或任何男人都应当在吃晚饭时回家，换上拖鞋坐在他太太的面前。在那里女人掌有她的世界，她的真实：爱情、情感，与同情的世界。每个男人都应该在此时脱下他的鞋子安然休息，并权将自己投降到女人和她的世界。"

男人白天应该在外与别的男人为伍，到晚间回到一个完全不同的气氛中。真正的女性不妒忌丈夫的事业活动，他的政治或知识生活；她有时不免感受苦恼，但却藏起实情仍给丈夫鼓励。

须要特别记住的一件重要事情是，无论对哪种结合的期望是如何深切，男女二人永远是很不容易得到均衡的。无论爱情是如何深厚，两人是如何的聪明，至少在新婚后的几日之内，他们会发觉自己面对的是一个非常令人吃惊的陌生人。

然而新婚后的几个星期历来被称为蜜月；而实际上假如他们能完成一种密切的结合，任何困难都会像在最初几夜甜蜜的爱情陶醉中忘掉的；男子将放弃他的朋友，女子抛却她个人的癖好。

《约翰·克利斯朵夫》中描写一个女子在新婚之后，"莫名其妙地喜欢读一本深奥的书。这是在其他任何时期都不可能发生的事。她像是觉得结婚将她从地球上提升起来。像个梦游者，她的脚踏着屋顶，庄严地走着而看不见任何东西，在梦中微笑着。"

在男子一方面，他感觉饱足了，被爱情所劳累，他又幻想以前的活动。于是蜜月的滋味渐渐淡了。蜜月变成了拜伦所说的treacle—moon（糖浆之月）。过度的热烈之后便是一个嘲弄与沮丧的时期，而且就是在此时立下了婚姻不谐的根基。有时只是一部分如此，但彼此已不能互相谅解，他们互相忍耐遥远的爱情。

纪德说过，"一对结婚的伴侣过了共同的生活，彼此却仍如陌生人，这真是叫人惊讶。"

有时情形会更严重，缺乏谅解会产生厌恶。你曾见过一对默默相恨的夫妇彼此用严厉的目光相望着吗？他们是不幸的结合。你可以想象两个同床异梦的男女，心中怀着嫌愤，丈夫听着妻子在唏嘘，黑暗中流着悲泪，这真是痛心之至。

结婚生活并不是一些立刻可以都完成的事情，它需要不断地再完成。一对伴侣决不可放纵于闲散的安逸中而说道："竞赛业已胜利，让我们休息吧！"

竞赛并未胜利。人生的机遇是任何事均可能发生的。想想，有多少的家庭看来像是可以应付一切的意外，却因世界大战而破碎了。不要忘记男女到中年时是极危险的。成功的婚姻是一座大厦，必须每天修筑。

自然，这种再建不可附带着许多解释、分析与忏悔。梅累狄斯曾意味深长地说，太严苛的互相批评是极端危险的。这种过程应当简单与隐秘一些。真正的女性本能会感觉出这种威迫性的迹象。她的本能会给她自己找补救。男人自己知道有时候看一眼或笑一笑比用嘴解释还管用。但不论用什么方法，也必须要不断地重新建造。

我们日常生活中的任何事，若被忽略也不能持久，房屋、日用品、友谊、娱乐皆如此。屋顶会塌下，爱情也会终止的。屋瓦需要翻新，接合部需要查看，误会需要洗清。否则痛苦便会产生，情绪的不愉快在心灵深处渐成症结，将有一天因为口角而彼此发现自己在对方心中恐怖的印象。除非双方对他方的兴趣癖好互相尊重，否则婚姻是不会美满的。想象两个人能有同样的思想，同样的意见与同样的欲念简直是荒谬的。这事乃属不可能，并且也不应如此希望。

我们已经说过在蜜月期中，两个爱人要相信他们一切都是相同的。不可避免地到某个时期强烈的个性又将会行使它们的权力。

阿伦说过："假如一个人想以结婚为避难所，友谊必须渐渐地代替情爱。"代替它？不——这事是更加复杂的。真正快乐的结婚必须友谊与爱情混合在一起，并且友谊的密切变成一种难以形容的深情。两个人承认他们道德上与智能上的不相同，但他们欣然接受两人气质上的差异，在其中发现一种精神发展的机会。

一个男子若想解开人类事务的错综复杂，最大的助力是接近女人的心，她的机警、伶俐、谨慎、明朗，燃起他那世界的半面黑暗。在这种情形之下，很少再有肉体之爱的问题，虽然起初这是重要的；但在这种关系中基本的需要已被崇高化，心灵使得肉体的快乐容许一些更为重要的事物之产生，青春的丢失对于真纯结合的伴侣并不再是一种不幸，两人共同步入老年的乐趣正可以扫除老境的痛苦。

拉·罗希佛考的名句说："世上有好的婚姻，但却没有优美的婚姻。"我希望我已向各位展示优美的婚姻；但这绝不是最容易的婚姻。假如双方都是怪脾气，错误及宠坏了他们性情的疾病，两人的共同生活怎可能是容易的呢，没有一点冲突的婚姻，就像是一个没有任何危机的国家一样，是无法想象的。但是假如爱情对初起的纠纷提出抗辩之后，热情将愤怒变成温存体谅，或许所有的危机都会很容易应付。

因此结婚绝不是像浪漫的情人们所幻想的一般；它是基于一种本能的制度，欲得成功不仅需要形体上的诱惑而且还需要毅力、忍耐，与那总是不容易做到的接受"对方"；最后，假如这些条件均达成了，一个美丽并永久的感情便完成了——对那些从未体会过的人来说，这是一种独特的，不可解的融合了爱情、友谊、性爱，以及尊重的感情，而没有这种感情，真正的婚姻就无法存在了。

（秦云 译）

劳伦斯

戴维·赫伯特·劳伦斯（1885—1930），英国著名诗人、小说家、散文家。劳伦斯共有10部长篇小说，其代表作有《虹》《儿子与情人》《恋爱中的女人》《白孔雀》《羽蛇》以及为中国广大读者所熟悉的《查太莱夫人的情人》。劳伦斯的作品因存在大量的性描写而在西方广受争议。

※ 人生

在世界的开端和末日之间出现了人。人既不是创世者又不是被创者。但他是创造的核心。一方面，他拥有产生一切创造物的根本未知数。另一方面，又拥有整个已创造的宇宙，甚至拥有那个有极限的精神世界。但在两者之间，人是十分独特的。人就是最完美的创造本身。

人在喧闹、不完美和未雕琢的状态下诞生，是个婴儿，幼孩，一个既不成熟，又未定型的产物。他生来的目的是要变得完美，以致最后臻于完善，成为纯洁而不能缓解的生灵，就像白天和昼夜之间的星星，披露着另一个世界，一个没有起源亦没有末日的世界。那儿的创造物纯乎其纯，完美得超过造物主，胜过任何已创造出来的物质。生超越生，死超越死，生死交隔，又超越生死。

人一旦进入自我，便超越了生，超越了死，两者都达到完美的地步。这时候，他便能听懂鸟的歌唱，蛇的静寂。

然而，人无法创造自己，也达不到被创之物的顶峰。他始终徘徊于无处，直至能进入另一个完美的世界；但他不是不能创造自己，也无法达到被创之物完美的恒止状态。为什么非要达到不可呢？既然他已经超越了创造和被创造的状态。

人处于开端和末日之间，创世者和被创造者之间。人介于这个世界和另一个世界之中途，既兼而有之，又超越各自。

人始终被往回拖。他不可能创造自己，任何时候也不可能。他只能委身于创世主，屈从于创造一切的根本未知数。每时每刻，我们都像一种均衡的火焰从这个根本的未知数中释放出来。我们不能自我容纳，也不能自我完成，每时每刻我们都从未知中衍生出来。

这就是我们人类的最高真理。我们的一切知识都基于这个根本的真理。我们是从基本的未知中衍生出来的。看我的手和脚：在这个已创造的宇宙中，我就止于这些肢体。但谁能看见我的内核，我的源泉，我从原始创造力中脱颖出来的内核和源泉？然而，每时每刻我在我心灵的烛芯上燃烧，纯洁而超然，就像那在蜡烛上闪耀的火苗，均衡而稳健，犹如肉体被点烧，燃烧于初始未知的冥冥黑暗与来世最后的黑暗之间。其间，便是被创造和完成的一切物质。

我们像火焰一样，在两种黑暗之间闪烁，即开端的黑暗和末日的黑暗。我们从未知中来，复又归入未知。但是，对我们来说，开端并不是结束，两者是根本不同的。

我们的任务就是在两种未知之间如纯火一般地燃烧。我们命中注定要在完美的世界，即纯创造的世界里得到满足。我们必须在完美的另一个超然的世界里诞生，在生与死的结合中达到尽善尽美。

我转过脸，这是一张双目失明但仍能感知的脸。犹如一个瞎子把脸朝向太阳，我把脸朝向未知——起源的未知。就像一个盲人抬头仰望太阳，我感到从创造源中冒出的一股甘甜，流入我的心田。眼不能见，永远瞎着，但却能感知。我接受了这件礼物。我知道，我是在有创造力的未知的入口处。就像一颗在不知不觉中接受阳光，并在阳光下成长的种子，我敞开心扉，迎来伟大的原始创造力的无比温暖，并开始完成自己的使命。

这便是人生的法则。我们永远不会知道什么是起源，永远不会知道我们怎样才具有目前的形状和存在。但我们可能知道那生动的未知，让我们感受到的未知是怎样通过精神和肉体的通道进入我们体内的。谁来了？我们半夜听见在门外的是什么？谁敲门了？谁又敲了一下？谁打开了那令人痛苦的大门？然后，注意，在我们体内出现了新的东西，我们眨眨眼睛，却看不见。我们高举以往理喻之灯，用我们已有的知识之光照亮了这个陌生人。然后，我们终于接受了这个新来者，他成了我们当中的一员。

人生就是如此。我们怎么会成为新人？我们怎么会变化、发展？这种新意和未来的存在又是从何处进入我们体内的？我们身上增添了些什么成分，它又是怎样才获得通过的？

从未知中，从一切创造的产生地——根本的未知那儿来了一位客人。是我们叫它来的吗？召唤过这新的存在吗？我们命令过要重新创造自己，以达到新的完美吗？没有。没有，那命令不是我们下的。我们不是由自己创造的。但是，从那未知，从那外部世界的冥冥黑暗，这陌生而新奇的人物跨过我们的门槛，在我们身上安顿下来。它不来自我们自身，不是的，而是来自外部世界的未知。

这就是人存在的第一个伟大的真理。我们怎么来到这个世界上的？不靠我们自己。谁能说，我将从我那里带来新的我？不是我自己，而是那在我体内有通道的未知。

那么，未知又是怎么进入我的呢？未知所以能进入，就因为在我活着时，我从来不封闭自己，从不把自己孤立起来。我只不过是通过创造的辉煌转换，把一种未知传导为另一种未知的火焰。我只不过是通过完美存在的变形，把我起源的未知传递给我末日的未知罢了。那么，什么是起源的未知，什么又是末日的未知呢？这我说不出来，我只知道，当我完整体现这两个未知时，它们便融为一体，达到极点———一种完美解释的玫瑰。

我起源的未知是通过精神进入我身的。起先，我的精神惴惴不安，坐卧不宁。深更半夜时，它听到了从远处传来的脚步声。谁来了？呵，让新来者进来吧，让他进来吧。在精神方面，我一直很孤独，没有活力。我等待新来者。我的精神却悲伤得要命，十分惧怕新来的那个人。但同时，也有一种紧张的期待。我期待一次访问，一个新来者。因为，呵！我很自负，孤独，乏味。然而，我的精神仍然很警觉，十分微妙地盼望着，等待新来者的访问。事情总会发生、陌生人总会来的。

我聆听着，我在精神里聆听着。从未知那边传来许多纷杂的声音。我肯定那一定是脚步声吗？我匆忙打开门。啊哈，门外没有人。我必须耐心地等待，一直等到那个陌生人。一切都由不得我，一切都不会自己发生。想到此，我抑制住自己的不耐烦，学着去等待，去观察。

终于，在我的渴望和困乏之中，门开了，门外站着那个陌生人。啊，到底来了！啊，多快活！我身上有了新的创造，啊，多美啊！啊，快乐中的快乐！我从未知中产生，又增加了新的未知。我心里充满了快乐和力量的源泉。我成了存在的一种新的成就，创造的一种新的满足，一种新的玫瑰，地球上新的天堂。

这就是我们诞生的故事，除此之外，别无他路。我的灵魂必须有耐心，去忍耐，去等待。最重要的，我必须在灵魂中说，我在等待未知，因为我不能利用自己的任何东西。我等待未知，从未知中将产生我新的开端。不是为了我自己，而是为了我那不可战胜的信念，我的等待。我就像森林边上的一座小房子。从森林的未知的黑暗之中，在起源的永恒的黑夜里，那创造的幽灵正悄悄地朝我走来。我必须保持自己窗前的光闪闪发亮，否则那精神又怎么看得见我的屋子？如果我的屋子处在睡眠或害怕的黑暗中，天使便会从房子边上走过。最主要的，我不能害怕，必须观察和等待。就像一个寻找太阳的盲人，我必须抬起头，面对太空未知的黑暗，等待太阳光照耀在我的身上。这是创造性勇气的问题。如果我蹲伏在一堆煤火前面，那是于事无补的。这决不会使我通过。

一旦新事物从源泉中进入我的精神，我就会高兴起来。没有人，没有什么东西能让我再度陷入痛苦。因为我注定将获得新的满足，我因为一种新的、刚刚出现的完善而变得更丰富。如今，我不再无精打采地在门口徘徊，寻找能拼凑我生命的材料。配额已经分下在我体内。我可以开始了。满足的玫瑰已经扎根在我的心里，它最终将在绝对的天空中放射出奇异的光辉。只要它在我体内孕育，一切艰辛都是快乐。如果我已在那看不见的创造的玫瑰里发芽，那么，阵痛、生育对我又算得了什么？那不过是阵阵新的、奇特的欢乐。我的心只会像星星一样，永远快乐无比。我的心是一颗生动的、颤抖的星星，它终将慢慢地煽起火焰，获得创造，产生玫瑰中的玫瑰。

我应该去何处朝拜，投靠何处？投靠未知，只能投靠未知——那神圣之灵。我等待开端的到来，等待那伟大而富有创造力的未知来注意我，通知我。这就是我的快乐，我的欣慰。同时，我将再度寻找末日的未知，那最后的、将我纳入终端的黑暗。

我害怕那朝我走来、富有创造力的陌生的未知吗？我怕，但只是以一种痛苦和无言的快乐而害怕。我怕那死神无形的黑手把我拖进黑暗，一朵朵地摘取我生命之树上的花朵，使之进入我来世的未知之中吗？我怕，但只是以一种报复和奇特的满足而害怕。因为这是我最后的满足，一朵朵地被摘取，一生都是如此，直至最终驶入未知的终端——我的末日。

（姚暨荣 译）

艾哈迈德·艾敏（1886—1954），埃及著名学者，散文作家。

出生于尼罗河三角洲库姆赫拉特一贫苦家庭。艾敏承担伊斯兰文化历史的研究课题，

积毕生精力写出八卷本的《阿拉伯—伊斯兰文化史》。

其散文风格清新隽永，简洁明畅，将深刻的思考与深厚的感情完美地结合起来。

※ 我的家

一生中接受最初教育的学校是家。

父亲经济宽裕后，在他和叔父移居的那条街上建造了一幢三层楼房。底层是会客室，上面两层各有三间住房和其他设施。

我家的特点是简朴，洁净。多数房间铺着地毯。卧室里没有床，屋角堆放着被褥枕头，白天卷起，夜里铺开。厨房用具也很简单。假若搬家的话，一辆大车

即可装走全部家具。家中最多、最值钱的东西是书。会客室里几个书橱里装满了书，父亲房间里堆放着书，底层也有藏书。

父亲嗜书如命。他喜欢收藏各式各样的书籍。宗教学、阐释学、圣训、语言学、历史、文学、语法、修辞学等等应有尽有。如果哪本书有官方和私人两种版本，他一定要弄到官方的版本才肯罢休。他在官方印书馆任校对，这使他很容易收集到本馆的图书。我为家庭图书馆的珍藏而自豪。在那里读书是我最大的享受。我背记了珍藏中的精华，获益匪浅。时至今日，每天仍要在那里呆上几个小时。

1886年10月1日凌晨5时，我降生在这幢房子里。10月这个月份，预示着我将成为一名教师，因为10月1日是学校开学的日子。真主的意愿如此。我后来果然成了一名教师。先教小学，而后在中学和大学任教。我的学生有男孩女孩，老人和体面的先生们。在家里我排行第四。

姐姐的惨死令父亲十分伤心。所以他不喜欢子女太多，责任过重。

父亲是一家之主，主宰一切。母亲要经他允许方可外出。天黑以后，孩子们不得离家，否则要挨打。家庭经济大权掌握在父亲手中。一切花销他说了算。连吃什么不吃什么也由他决定。父亲对儿女的教育十分上心，他亲自教我们，检查我们的功课，对男孩女孩一视同仁。教育子女耗费了他不少精力。即使生病，他也坚持给我们上课。他不关心我们的娱乐，不与我们聊天。他认为那不是他的责任。他爱我们，不过他决不把爱表露出来，总向我们摆出一副严厉的面孔。只有我们生病时，他才显得慈爱可亲。他不当着我们的面表扬某一个。他一个人住楼上，独自吃饭、祈祷，只有在讲书时才唤我们上楼。我们只跟母亲聊天、玩耍和说笑。

外祖母心肠好，是虔诚的教徒。她的精神时好时坏，和我们住在一起时，孩子们都喜欢和她呆在一起，与她谈话。她知道许多故事，讲也讲不完。我们围坐在她身边，听着听着就睡着了。她的故事有悲伤的，有恐怖的。她讲命运的不可违抗，女人的诡诈；还讲魔鬼、精灵、国王和伟人，他们也有遭厄运的时候。她的故事、民间谚语、含义精深的佳句常在我们头脑中盘旋。哥哥有时给我们读《一千零一夜》。碰到拗口的句子，他磕磕巴巴读不上来，脸憋得通红，直想绕过去。有时读走了嘴，引起哄堂大笑。妈妈和外祖母有些过意不去，哥哥慌忙逃走，朗读只得停止。

总之，我的家严肃有余，活泼不足。大家不苟言笑，近乎古板。这与父亲的严厉、孤僻很有关系。

我们家没有现代化的设备，特别是我们住的一层。家中没有自来水，要靠水夫送水。水夫肩上背着水囊，沿街叫卖："水呀，水！"他把水灌进各家的水缸和水罐，供洗家什用。他背了一囊又一囊。收账很不容易。他一周收一次钱或在门上划道记账。有些心术不正的人偷偷抹去一道或两道的，水夫后来只得改变收费办法。他给各家发20根签子，用一囊水收一根签子，用完20根，算一次账。

到我长成少年时，街上挖了沟，铺上水泥管子，把水引向各家各户。水，唾手可得，方便极了。水夫的吆喝声从此绝耳。真主帮助我们免去划道和分水签的麻烦。

慢慢地，家里又通上了电。石油灯变成了电灯。我们也像别的区一样过上贵族式的生活。

做饭原先烧劈柴，以后改用焦煤，最后进步到用煤气。

家务统统由母亲来做，没有佣人帮忙。孩子们上街采购，大姐在家帮助母亲打杂。

父亲是爱资哈尔大学的教师，同时在沙斐仪清真寺任教，兼任教长。每月有12个金镑的进项。那时，我们不用纸币。我记得在小学时，市面上流行纸币。人们不相信纸币，不敢要。老人们一旦拿到纸币，立即去兑换所换成金币。报上还取笑过这种现象。12个金镑足够家庭开销，并有节余可供不时之需。12个金镑合现在54镑。当时，十个鸡蛋一毛钱，一公斤肉三四毛钱，一公斤油差不多也是这个价。我们的生活水准不高，属中等水平。父亲从家里去学校，再去清真寺，然后回来，从不去咖啡馆，也不抽烟。衣着干净朴素。我家的伙食不好不坏。我们不看戏，也不看电影。偶尔街口来了皮影戏，一毛钱看一次。一年里，只能碰上一两回。

家里笼罩着浓重的宗教气氛。父亲按时祈祷，早晚诵读几次《古兰经》。他黎明即起，做晨祷，诵读《古兰经》和圣训。他常常谈起死，看轻现世的意义和世间的浮华。圣人的功德，对真主的崇拜总挂在他嘴上。他勤于伊斯兰的天课——施舍，因而也影响了亲戚们。他参加过朝觐，母亲跟他一起去的。父亲对儿女进行宗教教育。清晨唤醒我们一起晨祷，母亲有时也一起做。斋月里，全家一起把斋。总而言之，你如果走进我家，就会嗅到一种纯净的宗教气味。一天，街上一家人举行婚礼，为部分来宾备下饮料。我兄弟眼馋，大模大样坐在摆饮料的桌旁。父亲看见后，把他打得死去活来。一次，我用袋里仅有的五毛钱买了烟，被大哥撞见，他像法官一样审问我，生怕我买烟抽。家里没人抽烟，也没人谈论它。

光阴荏苒，多少事如过眼烟云一晃而过。我活到了父权衰落的时期。取而代之的是母权和儿女之权。家庭变成了小议会，一个没有纪律、不公正的议会，从不投票，少数也不服从多数。一个互相专政的议会，忽而母亲，忽而女儿或儿子专权，父亲专政是极为罕见的。家庭的财权不再掌握在家长手中。消费者各自为政。每个人的要求都不低。不时需要调整预算，以保持收支平衡。大家你争我吵，互不相让。结果破坏了家庭的幸福和安宁。

现代文明进入家庭。电灯、收音机、电视、暖气、冷气、各式各样的家具应有尽有。这些玩意儿真的给家庭带来幸福了吗？

女人不带面罩了。过去母亲和姐姐出门总要带上面罩，不能被人瞧见脸面和肢体。真是天翻地覆的变化。如果爷爷还活在世上，一定会气疯的。我们倒不以为然。变化是逐步的，我们也逐步适应。陌生渐渐变得习以为常。

（李琛 译）

卡耐基

戴尔·卡耐基（1888—1955），美国著名的激励大师，他的重要著作有《语言的突破》《人性的优点》《人性的弱点》等。

※ 切勿吹毛求疵

欧也妮的悲剧

拿破仑·波拿巴的侄子拿破仑三世爱上了一位公爵小姐——玛丽·欧也妮，并且跟她结了婚。有人劝他说，她只不过是一个不太出名的西班牙公爵的女儿。但拿破仑三世反驳道："即使如此，那又有什么关系？"她的贤惠，她的青春，她的魅力，她的美貌使他感到极大的幸运。

他坐在皇帝的宝座激动地向全国宣布："我选择的是一位我热爱和尊敬的女人，我不要我所不了解的女人。"

拿破仑三世和他的新娘拥有健康、财富、权力、家产、美丽、爱情和崇拜——完美的浪漫逸事所需要的，应有尽有了。神圣的婚姻之火从来没有燃烧得这么明亮。

但是，这神圣的火焰没有多久就奄奄一息了。它的温度迅速冷却下来，变成了灰烬。欧也妮嫉妒、猜疑、吹毛求疵，她嘲弄拿破仑三世的命令，甚至不给他自我剖白的机会。当他处理国务时，她闯进他的办公室，干扰他的工作。她不让他独自一人活动，生怕他跟别的女人鬼混。她时常跑到姐姐那里抱怨丈夫，哭哭啼啼。她闯进他的书房，向他发起猛攻，并且骂声不绝。拿破仑三世，这位法国的皇帝，他占有一打豪华的宫殿，却连个可以在里面定一定神的衣橱都找不到了。

欧也妮这么干，所得到的又是什么呢?

E·A·莱因哈特大受欢迎的著作《拿破仑与欧也妮，一个皇帝的悲喜剧》中说："这么做带来的结果是：拿破仑晚上常常从一扇小门溜出宫外，用头上的软帽盖住眼睛，由一个贴身侍从陪着，真的到一些正在等待他的漂亮女人家去了……"这是咎由自取，是她的嫉妒和吹毛求疵招来的祸患。

托尔斯泰夫人后悔已晚。

在地狱魔鬼为毁灭爱情而燃起的恶毒火焰中，吹毛求疵是最致命的。

托尔斯泰伯爵和他妻子都应该是最幸福的。他是世界上最著名的小说家之一。他的两部名著《战争与和平》和《安娜·卡列尼娜》在人类的文学宝库中永远光芒四射。他们拥有财富、社会地位和孩子。他们双双下跪，祈求上帝使他们的幸福长存。

后来，惊人的变化发生了。托尔斯泰渐渐对他写出来的巨著感到惭愧，此后他全力撰写呼吁和平、制止战争和消弭贫困的小册子。他放弃了全部田产，过着清贫的生活。

列夫·托尔斯泰的生活是一场悲剧，而原因就是他的婚姻。他的妻子喜爱奢华，而他鄙视排场。她追求社交界的名声和赞誉，而这些浅薄的事情丝毫不能吸引托尔斯泰。她渴望金钱和财产，但他却认为：财富与私产是一种罪恶。当他违拗了她的意志时，她就歇斯底里大发作，把装着鸦片的小瓶子凑到嘴边，在地板上打滚，发誓要自杀，还说要跳井自尽。

他们刚刚结婚时是誉满遐迩、幸福美满的。可是过了48年之后，托尔斯泰甚至连看妻子一眼都忍受不了。一天晚上，老迈的、心灵破碎的妻子跪在丈夫面前，恳求他为她大声朗读他日记里那些有关爱情的精彩段落。那是50年前他在日记中写下的关于她的片断。当托尔斯泰重读这些幸福美好的时光记录时，两人都失声痛哭起来；他们清楚地意识到，那甜蜜的日子一去不复返了。

终于，82岁的托尔斯泰再也忍受不了家中悲惨的不幸，于1910年10月的一个飘着雪的夜晚离开了自己的妻子，逃入寒冷黑暗之中。他自己也不知道要去什么地方。11天以后，他在一个火车站上死于肺炎。他临终前最后的要求是，不许妻子前来看他。

这就是托尔斯泰伯爵夫人为自己的吹毛求疵、抱怨不休和歇斯底里付出的代价。

比死都要痛苦的

阿伯拉罕·林肯生活的巨大悲剧，不光是他被凶手刺死，而是他的婚姻。当凶手布什扣动扳机时，林肯绝不会领悟到他被击中了，但是，在23年的时间中，他几乎每天都在"领悟"着夫妇不合的苦果。

林肯夫人总是怨气冲天，总是吹毛求疵地指责自己的丈夫：他做的事情，没有一件是对的。他的肩膀歪歪斜斜，走起路来步履笨拙，一点轻快劲儿都没有，他的动作一点儿也不优雅……她甚至告诉林肯，他的鼻子是歪的，他的下唇撅出来，他看上去像个肺病患者，还说，他的手脚全都太大了，而他的脑袋却又太小了。

一天早晨，林肯夫妇在吃早饭（当时他们住在春田一座管食宿的公寓里），林肯干了一件什么事，使那位火暴脾气的妻子十分恼火。竟然当着其他用餐人的面，把一杯热咖啡泼到了丈夫的脸上！林肯一言不发地、尴尬地坐在那里没动。林肯夫人最后患了精神病。说她的狂暴举动大概跟病有关，这也许是对她最为宽宏的评价了。

林肯懊悔自己不幸的婚姻，尽量不跟妻子见面。春田的11位律师常常骑着马，从一个村镇走到另一个村镇处理事务。每逢星期六，别的律师总想方设法地回春田去和家人欢度周末，而林肯宁可长年住在条件恶劣的客栈里，也不回家去忍受妻子不断的吹毛求疵和疯狂的发作。因此，假如你想保持家庭的幸福生活，就应该切记：千万不要，千万不要吹毛求疵！

努埃曼

米哈依勒·努埃曼（1889—1988），黎巴嫩旅美派作家、诗人。
主要作品有短篇小说集、中篇小说、文学评论集、诗集多种，还有自传《七十春秋》。

※ 人生之秋

　　一年四季，各有其意义、清新、朗润与欢乐，致使关于四季之间的比较，就像是某种诡辩或毫无价值的争论。因为任何一个季节都不能代表其余季节；而任何季节的完成，也有待于其余季节的完成。

　　春季，是被封锁起来的大自然对周围一切的造反；封锁已使大自然感到厌烦，于是起来挣脱桎梏与锁链，毫不犹豫或毫不留情地将其打个粉碎。蓓蕾渐次膨大，开出花朵，生出叶子和枝条；种子萌发生芽，裂开包衣，冲出黑暗大地，沐浴灿烂阳光，成为挺拔滴露的香草；根茎挣脱枷锁的束缚，拨开泥土，昂首空中，伸向四面八方；昆虫、蛇蚁、飞禽走兽嗡鸣、舞蹈、啼唱，成双结对，兴高采烈，欢欣鼓舞，深深沉浸在万物更新、再度欢腾的微醉情状之中。大地沸腾，动中祝福，形态种种，五彩纷呈。苍穹起舞，送来热情、光明、欢歌和妙曲，都是对胜利暴动的陶醉。

如果说春天是大自然对封锁所采取的暴烈行动，那么，夏天就是那场暴动本身，且可言登峰造极，如愿以偿，愤怒随之消逝。反抗行动变得温和，一切都从微醉中苏醒过来，开始安排自己的事，清点战利品，保卫自身的安全，注意自己的生长，以便日后最大限度地享受自己创造的美味。

秋季到来，大自然的暴动带来了果实，带来的是成熟的、光彩夺目的可口果实；华美、鲜味与健康已自在其中。

大地走来，因眼见自己的革命果实而欢喜，于是动手采摘，饱吃足食一顿，然后将剩余的果实储藏起来。肚饱之后，精疲力竭，困神缠眼，正好入睡，以便消化吃下去的食物，除却怀孕、分娩、生产的污物。

冬令，则是大自然的休眠期，那是生命强加于她的，意在怜惜她的体力过度消耗及肠胃消化困难，惟恐她陷于神经紊乱状态。生命自有其生活哲学，宁愿带着自己的子女缓步走上完全解脱的道路，而不肯一下将他们推到那条道路上去。那是因为自由是一种长寿灵丹妙药，只能一口一口地吞服，借以进行自疗，一口足保一生或一个周期。

或许我们在用隐喻方法谈及人生四季时，道出事实的精华。世界上的一切都像地球上的四季变化规律一样，服从于一定的严格规律。每种事物必在一定时候开始，又在一定时间结束，先经过革命暴动，继而经历一个时期的力量集聚与调整，然后进入采摘收获时节，接着便是新的封锁或休眠，兴许长达一个月，也许久至一个时期；那时，我们就像谈论地球上的春、夏、秋、冬一样，完全有权利谈论太阳或宇宙任何星球的春天、人类的夏天、城市的秋天、学说的冬天。

我一点也不怀疑，人的生命仍然分为四季，有展开之时，有卷起之日，带着人到达最大自由境地，直至从四季的桎梏和岁月的权势下得到永久的解脱。

然而，无论我们怎样坚持将一年四季与人生四季之间进行比较，无论此与彼之间的相似之处如何吸引我们，我们也不应该对不会开口说话的自然界与有理性的人类之间的巨大差距视而不见。依照我们的躯体所遵从的规律而论，我们或多或少地无异于草木、昆虫和牲畜。因为我们像它们一样，要经历四个阶段……开花，成长，采果，衰败。但是，我们具有草木、昆虫、牲畜所不具有的开花和成长要素……我们有思想、有想象力，有意志……所有这些，如果说受某种规律约束的话，那么，它不是四季那种规律，而是一种我们至今仍不明其目的与深度的规律，我们又如何为之划定界限呢？

也许我们当中某人年迈，于是神经衰萎，耳欠聪，目不明，多数器官出现故障，失去正常功能；虽然如此，他却仍富有想象力，意志坚强，思想与心脏还很年轻。而另有一个人，虽正当华年，思想却在摇篮里，想象力仅在袖口，意志已入老年。在人们当中，没有两个人生命季节的意义完全相同的人，即使二者的年龄与外貌毫无差异。因此，谈人生的季节是很困难的，办法只有一个，即从总体上去谈论它；也许这个办法不适合于所有的人，但在多数情况下是适合于多数人的。

在人生的秋天，阴影不但多而且长。我们所进行的任何一种活动，或每一项爱好，或每一个想法，都会在我们的生活中留下阴影或痕迹；不论我们处于行止状态，还是醒睡之时，它都会与我们形影相随。这些阴影就像吉他上的琴弦一样，不停地振动，依照琴手的手指动作方向，时而这根弦被按下，时而那根弦弹起。弹琴者也许受控于突如其来的一种情感，也许受控于某种一闪即逝的思想，或者受控于不可抗争的某一事件。琴弦的嗡鸣一波一波传入我们的耳际，有欢乐之波，有悲伤之波，有赞美、歌颂之波，有斥责、非难之波，有胜利、舒展之波，有挫折、萎靡之波，直至登上人类情感阶梯的最后一个台阶。真正幸福者是那种已经进入人生秋天的人；自打春天一直绷紧到秋天的琴弦，成了金声玉振、音色动人、情感纯真的琴弦；他将在自己的人生之秋摘到最甜美的果子。

在人生的秋天，人们常常回顾往日，很少向前展望。每当我们接近必然结局时，我们便竭力回想过去，从往日里寻觅适合于那种必然结局的食粮。那些昔日路途上布满圈套、荆棘、黑影的人是多么不幸？正是他们在自己的手脚上绑上重物，然而却说："走，我们爬山去吧！"当他们无力负重时，便失望地后退，竟诅咒起山来，说那山令神鬼见愁。正是他们，人生之秋使他们病入膏肓，他们真希望生命永远是春天，而全然不知那是不可能的。他们终于懒于前进，因为他们看到眼前只有一个窄小、黑暗而又寒冷的泥坑。至于那些阴影淡薄的人们，他们则乐于在人生之秋展望未来；眼前的一切蒙不住他们的眼睛。冬天只能伤害那些无家可归，以及那些家无隔夜粮的人。那些已为冬季来临备足粮食的人们，即使在严冬里，他们也会得到最美好的思想与情感。

在人生的秋天，血和肉的活力极大限度地松弛下来，胸间没有炽燃的火焰，没有抽击心与脑的长鞭，没有缠绕枕席的梦幻，没有耸入云霄的宫殿，没有幸福之光照耀下的双眼。然而此时此刻，人却有不可意料的幸福临门，因为他永远地摆脱了欲望的引诱和唆使，而且那种诱使是不可救药的。

在人生的秋天，最宜于深思熟虑，自我清算。人度过了自己生命的春天和夏天，迎来了无可逃避的秋天，无论其思维与想象力多么迟钝，他一定会问自己：自打看到人间光明时就沉睡着的力量从何而来？又是谁将其从昏睡中唤醒，然后进行组织、训练，继而组成大军，在一千个前线进行一千次战斗，或胜或败，或强或弱，或饥或饱。然而决不投降，一直战斗下去；或进或退，或攻或守，战斗的意义究竟何在呢？有其向往的远大目标吗？目标究竟是什么？再则，我们为什么一时竟相信那种天性和力量，而后却不顾我们的反对，硬要收回去呢？难道因为我们不大理解它？或者我们没有用好它？谁晓得我们当中谁善于使用、谁又不善于使用它呢？这些与我们永不分离的影子，莫非仅仅是某种记忆？我们何必欢迎其中某些影子，而又躲避另一些影子呢？为什么这个影子亲近我们，使我们高兴，而那个影子又疏远我们，抛弃我们，好像我们的心灵在哭号呢？难道仅仅直觉本身就足以向我们报告善恶，还是人们当中有比直觉更忠实可靠的向导呢？在永恒的斗争中，善与恶又算什么呢？究竟是善与恶在进行搏斗，还是我们之间在进行搏斗？在茫然与高热状态下，我们所看到的是我们同大自然的搏斗，不是吗？

也许人从自己生命的秋天采摘到的最佳果实是平静、安然的心情：感到有许多颗心脏在自己的胸中跳动，友谊、情怀、爱慕自在其中；感到自己的根已经延伸到很远的地方，在生活的土壤里茁壮成长；感到自己落在大地上的阴影是那样浓密柔和，足以让辛勤的劳动者和无家可归的流浪汉在那里歇荫乘凉。人可以用这样的情感展望人生的冬天，足以使冬之严寒变为温暖，令凄凉变成热闹，使荒芜化为肥沃。人若能把坚定的信仰与生命的哲理、美妙与公正联系在一起，那么，他便能够面对死如同面对生，面对坟墓如同面对摇篮。

（李唯中 译）

莫利

克里斯托弗·莫利（1890—1957），美国作家。
主要作品有长篇小说《闹鬼的书店》《凯恩林》《特洛伊木马》等，
他的诗集有《烟囱里的烟》《曼哈顿的中国人》《中部王国》和《上流人士的爱好》等。

※ 门

　　开门与关门是人活一世最耐人寻味的行为。在一扇扇门中隐匿着什么样的秘密啊！

　　人把门打开，等待他的是什么，谁也不知道。即便是最熟悉不过的房间，时钟在里边嘀嗒作响，壁炉在暗处蹿起红红的火苗，各种意外的事情依然始料不及。管子工或许早被叫来（在你外出期间），把漏水的水龙头修理过了。厨娘或许突然来了一阵抑郁症，要求她得到种种保护。明智的人去打开前门，一定是一付谦谦君子的样子，一种来者不拒的神色。

我们中间有谁不曾坐在某间接待室里，对着琢磨不透的门的神秘镶板久久凝视？或许你正在耐心等待，寻求一份工作；或许你手头有笔什么"交易"，正满怀踌躇把它拿下。你目不转睛地看着掌握内情的速记员体态轻盈地里一趟外一趟，漫不经心地把那扇神秘的门推来推去。而在你，门上悬着的却是命运。过了一会儿，这位年轻的女子终于说："克兰伯里先生现在要见你。"你呢，抓住门把的当儿，不禁闪出一个念头：等我再把门打开，结果会是什么呢？

门有多种多样。旋转的门用于旅馆、商店和种种公共场合。它们是各种活跃、匆忙的现代生活方式的典型。你能想象约翰·弥尔顿或威廉·佩恩迈着匆忙的步子走过一道旋转门吗？还有模样怪怪的小条板门，装在失去本色的酒吧屋上，只能向外甩开，高不过肩头，却低至膝部。另有活板门、滑动门、双层门、舞台后门、牢门、玻璃门，等等，等等。然而，门的象征和神秘恰恰在于它的隐蔽性能。玻璃门根本算不上门，只是窗户而已。门的意义在于它遮挡住了门里的东西；它让心悬在空中。

再说说开门的各种方式。侍者用盘子端着晚餐，用胳膊肘猛地使劲一推，将厨房门打开。在令人扫兴的书商和小贩面前，门只是犹疑地向后开去。隐蔽的门本是一扇需要小心翼翼地推开的，脚夫却为了迎接大人物把那些橡木门哗啦推向一边。牙医的女仆一声不响，一付悲天悯人令人心悸的样子，把治疗间的门打开，尊口紧闭，示意牙医在等你就医。一大早，门哗啦一声开了，仿佛大祸临头，保姆走了进来——"生了个男孩呀！"

门是静居的象征，是引退的象征，是心灵躲进幸福的宁静的象征，或是陷入悲伤的秘密挣扎的象征。没有门的屋子不是屋子，而是一处通道。人不是群牧的马匹。狗能分辨门的敞开与紧闭。你难道没有见过一只小狗冲着一扇关闭的门汪汪叫唤吗？门是人类生活的象征。

把门打开是一种神秘的行为：打开门就会遇上某种未知的气味，某种步入新时刻的感觉，一种人类絮语的新模式。门一打开，人世间欢乐的最亮点便扑门而来：重聚、和解、久别情人的福气。即使处于悲哀之中，把门打开也会带来慰藉：它会改变并重组各种人为的压力。但是把门关上则要可怕得多。门一关上，结局便是结局了。每扇关上的门都会给某种东西带来结局。一扇门砰然关上，只能是软弱的表现。一扇门悠然关闭，往往是生活中不胜悲哀的举止。谁都知道一扇门一经关上，随之而来的便是揪心的时刻，所爱的人近在咫尺，声音清晰可辨，但是已经远隔千里了。

开门与关门是生活源源流动的一部分。生活不会静止不前，听任我们孤独下去。我们心怀希望不断地把门打开，心怀绝望地又把门关上。生命不过就是吸一袋烟的功夫，天命敲击我们，如同把烟灰磕掉。

关门是最后的抉择。门一关上，心的线弦就会绷断。再把门打开，回头走去，只是徒然的行为。"未来只是通过另一道门进入的过去。"平内罗借保拉·坦奎雷之口说出这句话，不过是强词夺理。天哪，没有另一道门可以通过。门一经关上就永远关上了。消失的时间脉搏没有另一道门可以通过。

"活动的手指一写，便写下了——"

不过，有一种门，我们谁都会面对的。这种关门是静静地发生的，只是门闩咔哒响过，会打破原有的寂静。但愿人们这时会想到我们未完成的体面行为，忘掉我们犯下的过失。随后，他们再走出门去，把门关上。

（苏福忠 译）

※ 作家同行

作家罗伯特·伍尔威克没有被成功冲昏头脑，还不至于连别人对他的奉承也听不出来。因此，他怀着一种颇为得意的心情看完了他收到的下面这封信：

罗伯特·伍尔威克先生：

亲爱的先生，我在《星期六晚邮报》上读到了您的一篇短篇小说，这并不意味着我买得起这类杂志，但我可以在公园里的长椅上拾到它们。伍尔威克先生，我是一个穷人，但我受过要尊重艺术的教育。我跟您说，您这篇题为《铜护指》

的短篇小说堪称第一流小说，特此谨向您表示祝贺。伍尔威克先生，这倒使我想起另外一个问题，我早就打算就这个问题给您写信，但一直惟恐打搅您。我当年也写过一些东西，这也许能引起对一个落难的艺术家的同情。我是个不幸的人，没有工作而过错并不在我，我有个生病的妻子，几周以来，我每天夜里都不得离开她的病床，故此不能再工作下去，因为要工作，白天就得付出脑力活动。

伍尔威克先生，我要养活生病的妻子和七个孩子，而且很快就要付房租了，房东扬言要把我们轰到街上去。我和妻子正在等待上帝很快就要赐给我们的第八个孩子的出世。出于我对文艺的热爱与忠诚，我们用作家的名字给自己的孩子起了名字：雷德亚德·吉卜林、威·詹·布赖恩、马克·吐温、德布斯、欧文·科布、沃尔特·梅森和艾拉·韦勒·威尔科克斯。

我考虑用伍尔威克先生的名字给我即将出世的孩子起名，以表示对您的尊敬，因为您大大地充实了我们的文学。如果是男孩，就叫罗伯特，如果是女孩，就叫罗伯塔，别名伍尔威克，也就是说您就好比是我们的教父。于是我想，不知您肯否给将用您的名字命名的小教子送上一份小小的礼物。譬如说二十元钱。不过如若可能，请勿用支票，鉴于我暂时手头拮据，银行里尚未开户，要是现款，我就可以较为容易地把它变成生活必需品。

有一天我已经写好了这封信，但是我把它撕了，不想给您增添麻烦，而现在，贫穷迫使我开门见山地给您写信。希望您能创作出更多像《铜护指》这样的优秀作品来，为我们的文学增添异彩。

亨利·菲利普斯先生敬上

东34街454号。

伍尔威克把这篇颂扬他的才华的漂亮赞词读了两遍，发自内心地哈哈大笑，然后看了看自己的钱夹。他在那里找到一张崭新的十元钞票，把它装进信封，寄给了他那位崇拜者，同时还附上一张表示友好的便条，预祝即将出世并用他的名字命名的那个人幸福。

两个星期之后，伍尔威克早饭后在自己的桌子上发现一张油污的明信片，上面写道：

　　亲爱的好友，孩子出世了，而且全家皆大欢喜，是个男孩，因此他的教名就叫罗伯特·伍尔威克·菲利普斯。非常遗憾的是这孩子很虚弱，大夫嘱咐让他服用波尔特温酒，说如若不然孩子就活不成了。当接到您的慷慨馈赠时，我和妻子感到庆幸，我们期望等孩子长大时告诉他谁是他的恩人。而吉卜林先生只给用他的名字命名的孩子寄了五元。不知您能否给我们寄来五元，好买波尔特温酒。谨致谢忱。

　　　　　　　　　　　　　　　　　　　　亨利·菲利普斯

　　给刚出生的娃娃服用波尔特温酒，对此伍尔威克先生感到有些蹊跷。于是有一天早晨，他乘车到市中心去料理他自己的事务的时候，突然想要看一看菲利普斯先生的住处，了解一下他的教子生活如何。如果这孩子真的病了，他也许还会捐助一些钱，好让孩子得到必要的治疗。

　　他按着地址找到的却是一栋四周酒馆林立的破旧房屋。一个衣衫褴褛的小姑娘（伍尔威克想，这也许就是艾拉·韦勒·威尔科克斯）指给了他菲利普斯先生的家门。伍尔威克敲了几下，没有人回答，他就推门走了进去。

　　菲利普斯的住所仅有一间小房，里面有一张床、一只煤油炉和一张堆满信纸与邮票的桌子。

　　这里看不出有菲利普斯夫人、小教子或者其他七个孩子的任何迹象。伍尔威克走近桌子。根据已经开始写而又在各个不同的写作阶段搁笔的一些书信来判断，菲利普斯的文学才华显然十分有限。而且，这些信的大意和伍尔威克收到的第一封信完全一样。菲利普斯的收信人有布特·塔金顿、唐·马基斯、艾伦·格拉斯哥、艾德纳·菲尔伯、艾格尼丝·雷普利尔、霍尔沃特·赫尔和范尼·赫斯特。其中每封信都提出了为向这些文坛人士表示敬意而用他们的名字为其即将出世的孩子命名的建议。桌子上并排放着一堆旧杂志，精明强干的菲利普斯先生大概就是从这些杂志中间挖掘所喜爱的作者的名字的。

　　伍尔威克冷冷地一笑，然后踮着脚走出了房间。在楼梯上，他碰上了一位胖胖的女清扫工。

他问她菲利普斯先生是否有家眷。

"威士忌就是他的妻子和孩子。"那个女人回答说。

一个月之后，伍尔威克写了一篇描写菲利普斯的短篇小说，卖给了《星期六晚邮报》，换得稿酬五百元。当小说登出来时，他给罗伯特·伍尔威克·菲利普斯的爸爸寄去了一份杂志，并在附言中写道：

"亲爱的菲利普斯先生！我欠您大约四百九十元。请无论如何到我这里来一趟，我们出去吃一顿，由我做东。"

（任震襄 译）

克里斯托弗·莫利（1890—1957），美国作家。
主要作品有长篇小说《闹鬼的书店》《凯恩林》《特洛伊木马》等，
他的诗集有《烟囱里的烟》《曼哈顿的中国人》《中部王国》和《上流人士的爱好》等。

※ 铃兰花

　　紧挨着我们家的地头有一块怕人的、黑黢黢的洼地，大家都管它叫"地狱"。它三面由陡坡环绕，活像一口深锅，只有一个隐没在晦暗、神秘的密林里的出口。山坡上长满了杂乱的灌木、黄檗、千金榆幼树、乌荆子、野樱桃树和一些乱七八糟的玩意儿。林丛间荒草蔓生，它们只宜于作羊饲料。在这里你可以找到扫石南、蕨草、木贼、藜芦和其他一些无用的野草。"地狱"里人迹罕至，阴阴森森，人们来到这里，心都会不由自主地紧缩起来。那里惟一有生命的东西是一眼泉水，它从洼地底层布满青苔的山岩下涌出来，经过一段不长的曲折流程，流到外边的广阔天地里，然后在那里消失。泉水的淙淙声响彻整个洼地。这种水流的喧闹声被三面陡坡折回来，在森林中回荡，变得更响了。溪流日夜不息的声响给这个阴森可怖的地方蒙上了更神秘的色彩。

乍一看，你会觉得从这样的地方不会有任何收益，父亲白白地租了这块地。说真的，"地狱"确实没有什么大作用，不过偶尔从那里能割来一两车垫牲畜栏的干草。父亲急需连枷杆和耙子把时，也到"地狱"去找。用"地狱"的千金榆作连枷杆，或用黄檗作耙齿，比其他地方的更结实耐用。

不过，那地方还是用来放牧最理想。"地狱"里的草虽然长得不高，但多汁，牲口很乐意吃。

我打从记事的时候开始就害怕这个地方。这首先应该归咎于它的名称。当父母对我进行基督教的启蒙教育时，我便从他们那里听说过地狱；当我扯着母亲的长裙上教堂的时候，教堂里也谈到过地狱。在我幼小的心灵中，我们当地的"地狱"简直和真正的地狱一模一样，只不过在它的深处少一堆不熄灭的大火罢了。我总觉得我们的这块洼地有点像真正地狱的入口，有一扇暗门直通到里面，这扇门不是隐藏在洼地的底部，便是在出口处林木丛生的沟谷里。我每次总是恐惧万端地走近这个地方，然后又尽快跑开。

有那么一次，那时候我还不到六岁，父亲要我到那里去放牧。这对我真是一个非常可怕的考验，因为在这之前我还从未独自一人去过那里。当时我真想大哭一场。父亲看出了这一点，他笑了笑，给我打气说："这个'地狱'里没有鬼。快去吧！"

母亲心疼我，赶紧来安慰我。"你没看见吗，他怕'地狱'呀！"她对父亲说。

然而，我并没有因此而得到怜悯。我只好赶着牲口，尽量放慢脚步，一点点走近这个可怕的地方。我本来打算把牲口停留在山坡上，这不过是枉费心机。一瞬间牲口群便隐没在洼地里了。我无可奈何，只好跟着下去，生怕那几头母牛会从沟谷走进树林里去。

我就这样战战兢兢地在"地狱"的底部坐下来，也不敢回头好好地看看四周。响彻着整个洼地的淙淙声使我觉得好像有人在耍妖术。这里没有任何东西能使我高兴，纵然我喜欢家乡的涓涓溪流，常常在上面修筑水坝和磨房，然而这小溪也不能给我带来欢乐。我越来越害怕，都被吓呆了，终于控制不住，大声哭叫着从这里跑开了。跑到上面我还收不住脚步，一直顺着田野，泪流满面地朝父母正在耕种的地头跑去。

"出什么事了？"父亲大吃一惊。

"牲口不见了，所有的牲口……"

父亲的脸色陡然变得铁青，接着温和地挥了挥手说："没什么大不了的事。我们一起去看看。"

我怀着沉重而内疚的心情跟在父亲背后，慢吞吞地向"地狱"走去。来到可以看到整个洼地的坡坎上，父亲一眼就看到这个小小的畜群还在低处。他十分惊讶地收住脚步，开始点数："一、二、三、……九……"九头牲口都在下面老老实实地吃青草。

"你这是怎么搞的，做梦了吧，小伙子？"父亲觉得很奇怪。但刹那间他像是悟出了我撒谎的缘由，怒气冲冲地一把揪住我的头发，顺势往坡下一推，我便朝下滚去。

"你撒谎，就叫你入地狱！"

我好不容易才听出父亲说了些什么，因为恐惧又攫住了我的心。我号啕大哭，把眼泪都哭干了，但是浑身仍哆嗦了好一阵，一直也平静不下来。我睁着一双哭肿了的眼睛，看见牲口也都抬起头，在莫名其妙地看我。被父亲戳穿的谎言使我不能平静。我又可怜，又感到绝望，只好揪着心等待回家时刻的到来。离天黑还有很长时间，我把畜群从低处赶到坡上，在那里一直等到夜幕降临"地狱"的阴森森的底层。

回到家的时候，我哭成了个泪人儿，狼狈得很。父亲笑了，母亲却说："以后你不要再叫他去'地狱'了，他年纪还小呢，要是吓出毛病来，一辈子可就成了傻瓜。"

打这以后，果真不再叫我到"地狱"去放牧了。不过我对这个地方依旧像当初那样惧怕。

有一次，正好是星期六黄昏，父母坐在我们家的门槛上，若有所思地翘首望着春天晴朗的天空，母亲深深地叹了口气说："哎呀，我真想明天带一束铃兰上教堂，可惜哪里也找不着。"

"是呀，眼下找铃兰是晚了一点。要有也就是在'地狱'里了。"

一听到"地狱"这两个字，我全身不禁打了个寒战。我好容易等到父母起身闩门，然后上床睡觉。夜里我久久不能入眠，这个可怕的地方老在我眼前浮现。在我内心深处却回响着母亲的叹息声。铃兰花和"地狱"，这是多么不相容的两件事物啊！我特别喜欢铃兰，寻遍了我家前后的所有坡地和沟谷。可我却不知道它们也长在"地狱"里。

早上我起得格外早。准是我在梦里出过大汗，所以身子还是湿淋淋的。我通常都是一早就去放牧。天天早上都要别人把我叫醒，然后把我从被窝里拽出来。今天我可是自己起的床。踮着脚就出了家门。父亲和母亲还在酣睡，因为今天是星期日。

我来到了院子里站下，仿佛还处在半睡不醒的状态之中，充满了一种惬意而奇妙的责任感，尽管这对我还是下意识的感觉。春日的早晨已经到来。真正的夏天也不远了。远方的波霍尔耶山背后，火红的朝霞烧红了半爿天，朝阳眼瞅着就要擦出它圆圆的脸蛋了。阳光照到佩查山顶，给它抹上了一层绛紫色。青草、树木和灌木林上都披覆着露水，它们现在还只是忽闪忽闪地微微发亮，等到旭日东升，它们在阳光下黄澄澄的像金粒和珍珠那样闪光时，又会有另外一番景象。远方的晨雾缓缓移动，仿佛大自然背负着沉沉的重担。

蓦地，恰似有一股神奇的力量使我又重新迈开步子，穿过地头，径直向"地狱"走去。我从坡坎上恐惧地往昏暗的洼地瞥了一眼，为了不看它，就紧闭着双眼往下走，心里盘算着在底部的山岩旁一定会找到铃兰花。一直走到了底部，我才睁开眼睛。

我看见了许多芬芳馥郁的铃兰花，于是动手大把大把地采起来。就是在这种情况下，也没有向四周张望的勇气。我怀着一种兴奋而难过的心情，谛听着潺潺的流水，和它那叫人不寒而栗的回声，这声音在清晨的宁静里听起来比平日更响。我捧了一大把铃兰花，赶紧走出了"地狱"。我一口气往家里跑去，等跑到家，刚赶上母亲正要出门。

这时，天边的红日已经把它的第一束光辉投进我们家的院子，把院子装扮得绚丽多彩。母亲伫立在霞光里，周身通红，漂亮极了，犹如下凡的天仙。我捧着铃兰向她跑去，一边还得意地大喊着："妈妈，妈妈……铃兰……"

我沉浸在幸福和无限喜悦之中，更显得容光焕发。

母亲的脸上也漾起了欣喜的微笑；她满心高兴地伸手接过花束，捧到脸边。但在吸进那浓郁而清新的花香之前，她先看了看我。

"你为什么哭，我的孩子？……"

我刚才因为害怕而涌出的大颗泪珠还噙在眼里，但陶醉在胜利之中竟把它忘得一干二净了。

母亲猜到了我的壮举，她慈祥而温和地摸了摸我的头。

（栗周熊 译）

赫胥黎

奥尔德斯·里奥纳德·赫胥黎（1894—1963），英国小说家、散文家。
代表作有：《克鲁姆庄园》《旋律与对位》《美妙的新世界》。

※ 论舒适

一桩新鲜事物

法国的旅店老板们把它叫做"现代化的享受"，他们说得很好。讲舒服这件事确是近代才有的，比发现蒸汽要晚，发明电报时它刚刚开始，而比发明无线电也不过早个一二十年。使自己舒服，把追求舒适作为目的这一人类能给自己提出的最有吸引力的事是现代的新鲜事物，在历史上自罗马帝国以来还从未有过。我们对于非常熟悉的事情总是认为当然，不假思索的，好像鱼儿对待生活在里面的水一样，既不觉奇特也不觉新鲜，更不会去想一想有什么重大意义。软椅子、弹簧床、沙发、暖气、经常能洗热水澡，这些和其他使人舒服的东西已经深入到不算太富裕的英国资产阶级家庭日常生活里，而在三百年前就连最伟大的帝王也是做梦也想不到的。这件事很有趣，值得考查一下，分析一下。

首先使我们注意到的是我们的祖先生活得不舒服基本上是出于自愿。有些使人们生活舒服的东西纯粹是现代才发明出来的；在发现南美洲和橡皮树之前，就无法给车装上橡皮轮子。但就大多数来说，使我们能过得舒服的物质基础里却并没有什么新鲜东西。在过去的三四千年里，任何时候人类都可以造出沙发，吸烟室里的软椅，也可以安装上浴室、暖气和卫生管道。实际上，在某些世代人们也确实有过这些享受。约在公元前两千年诺色斯地方的居民就知道用卫生管道。罗马人曾发明一种复杂的用热空气取暖的系统，而一座漂亮的罗马别墅里洗澡设备的奢华和完备更是现代人做梦也想不到的。那里有蒸汽浴室，按摩室，冷水池，和墙上画有不甚正经的壁画（如果我们可以相信西东尼斯·阿波里纳里斯的话）的不冷不热的晾干室，那里有舒服的榻床，你可以躺在上面和朋友聊天，等身上的汗落下去。至于公共澡塘，那就更是奢华到几乎难以想象了。罗马的哲人政治家塞尼加说过："我们已经奢华到了在浴池里如果脚下踩不到宝石就不满意的地步了。"澡塘大小和设备的完善也不下于它奢华的程度。罗马皇帝戴阿克里欣的澡塘里的一间浴室就曾被用来改成一座大教堂。

还可以引用许多例证来说明我们的祖先所拥有的有限手段是如何可以利用来使得生活舒服的。这些例证很清楚地说明中古时代和现代早期的人们在生活上之所以既不讲卫生又不会舒服并不是缺少改变他们生活方式的能力，而是因为他们愿意那样，因为肮脏和不舒服适合于他们政治上、道德上和宗教上的原则和偏见。

舒适与精神生活

舒适和清洁与政治、道德、宗教又有什么关系呢？粗粗看上去人们会说在圈手椅和民主制度，沙发和家庭制度的松弛，热水澡和基督正统教义的衰亡之间既没有，也不可能有什么因果关系。但只要仔细看一下，你就会发现在现代生活中对舒适的要求的增长和现代思潮之间存在着极为密切的关系。我希望在本文里能说清这种关系，能阐明为什么艺术发达的十五世纪的意大利王公贵人，伊丽莎白女王时代的英国人，甚至全盛时代的法国国王路易十四都不可能（不是物质上而是心理上不可能）生活在罗马人会叫做像样的清洁卫生环境里，或者享受一下对我们是不可缺少的生活上的舒适。

先谈谈圈手椅和暖气。我准备说一下，这些事物只有在封建专制制度瓦解和旧式家庭和社会等级衰亡之后才可能出现。软椅子和沙发之所以存在是为了使人们可以懒洋洋地靠在上面。在一张精致的现代圈手椅上你也只好靠着。而这种姿势是既不足显示尊严又不能表达恭敬的。要打算显得神气或者训斥下属，我们总不能躺在软软的椅子里两脚蹬在壁炉架上，而必须坐直了，摆起架子才成。同样，要对一位夫人表示有礼貌或者对尊长表示敬意，我们也不能靠在那里，就是不站起来也得挺直腰板儿坐着。在过去的人类社会里有一套等级制度，每一个人都要对下显示尊严对上表示恭敬。在这种社会里，斜靠地坐着是绝对不可能的。路易十四在他的朝臣面前不可能这样做，而他的朝臣在他们的皇上面前也不可能这样做。只有亲临议会时，法兰西皇帝才能当众倚在御榻上。在这种场合，他要斜倚在一张名为"正大光明"的榻上，王公们坐着，大臣们站着，其他的小家伙都得跪着。讲"舒服"被宣布为帝王的特权。只有皇帝可以伸直了腿。我们也可以相信，这腿也会伸得非常有帝王气概。这样斜倚着，纯粹是礼仪上的需要，毫不丧失尊严。不错，在通常日子里皇帝是坐着的，但要庄严端坐；帝王的尊严是不能不保持的。（因为，说到底，帝王的尊严基本上也就是保持外表上尊严的问题。）同时朝臣们也要保持臣服的外表，或是站着，或者因为官高并是皇室近支，甚至在皇上面前也可坐在凳子上。朝廷如此，贵族家庭里也如此。皇帝和朝臣的关系也就是绅士和他的家人，商人和他的学徒和仆人的关系。毫无例外，在上的要显示出尊严，在下的要表达出服从以分清上下；这样谁还能不坐直了呢？就是在亲密的家庭关系里也是一样；父母像教皇和贵族一样以天赋的权力统治一切；儿女们就是臣民。我们的祖先对摩西十诫的第五诫是非常认真的——如何认真可从下一事例中看出。

在伟大的加尔文以神权统治着日内瓦的时代，有一个孩子因为要打他的父母竟被当众枭首。孩子们在父母面前坐不正，也许不致有杀头之罪，但也会被认作大不敬，要遭到鞭笞、不许吃饭或禁闭。为了没有举手到帽檐向他致敬这一件小事，意大利贵族维·岗扎加就把自己的独生子踢死；要是他的儿子竟当着他的面斜靠在椅子里会惹得他干出什么事来——这真叫人不敢想下去了。儿女不能在父母面前歪着靠着，同样，父母也不能在儿女面前歪着靠着，怕的是在有责任尊敬他们的儿女面前降低了自己的威严。因此，我们看到，在二三百年前的欧洲社会里从神圣罗马皇帝、法国国王到最穷的乞丐，从长须的尊长到儿童，任何人都不可能在人前不端端正正坐着。

古代的家具就反映出使用它们的那个等级社会的生活习惯。中古和文艺复兴时代的工匠有能力造出圈手椅和沙发使人坐上去和今天的产品一样舒服，但社会既是那样，他们也就不去造它了。实际上，直到十六世纪，连椅子也是少见的。在那以前，椅子是权威的象征，现在委员会的委员们可以靠在椅子上，国会议员也坐得很舒服，但有权威的还是主席，或者叫做"坐在椅子上的人"（Chairman），权威还是产生于一张有象征性的椅子。中古时代只有大人物有椅子。他们旅行时要带着自己的椅子以便一刻也不离开他的外在的、看得见的权威标识。就是在今天，宝座还跟皇冠一样是皇权的象征。中古时期，就是能坐下时，平民们也只能坐在长短凳或长椅子上。在文艺复兴时期，随着富裕的独立资产阶级的兴起，使用椅子才随便起来。买得起的就能坐椅子，但要端坐受罪；因为十六世纪的椅子还是宝座式的，谁坐上去都不能不被迫采取令人受罪的有威严的姿势。直到十八世纪时老的等级制度崩溃了，才有使人舒服的家具。但就是那时，也还不能在上面随意歪着靠着。可以在上面随意让人（先是男人，随后是妇女）歪着的圈手椅和沙发是直到民主制度巩固树立起来之后才出现的，是中产阶级发展壮大起来，老规矩不存在了，妇女解放了，家庭里的限制消失了之后才出现的。

暖气和封建制度

适当的房屋供暖是现代化享受的另一个组成部分，而这件事在古代社会的政治结构下也是不可能的，至少对当时的权势者是不可能的。在这一点上，市民比贵族强。住房较小，所以他们还能暖和些。但是王公贵族和皇帝、红衣教主却要住在和自己身份相称的宏伟壮观的殿堂里。为了证明比别人要高贵些，他们不得不置身于超乎一般大小的环境里。他们在溜冰场大小的敞厅里接见客人；他们常由大群人簇拥着穿这像阿尔卑斯山隧道那样长而多风的走廊过道，又要在恰像尼罗河的瀑布给冻结成大理石那样的楼梯上走上走下。在那种时代里做一位大人物就要花许多时间安排豪华的芭蕾舞等等表演，而这就要有宽敞的地方才能容得下演员和观众。皇宫和贵族的府邸甚至普通的乡绅住宅都要那么高大，这就是原因。他们就好像是巨人一样要住在十丈长三丈高的屋子里，否则就不合身份了。真豪华，真宏伟，可又是多么冷飕飕的呀！在我们今天，靠自己的本事奋斗上来的大人物没有必要和那些天生的贵人比阔气来维持自己的地位，因之他们宁可少摆点架子而多图点舒服，住进了小一点但可以取暖的屋子。（过去的大人物在他们闲暇的时间也是这么办的；大多数古老的宫殿都有些小套房间，宫廷上的大场面结束后，宫殿的主人就退居到那里去。但是大场面往往时间拖得很长，过去的不幸的王公贵人也就不得不摆起排场在冰冷的殿堂里和冷风飕飕的走廊过道里度过许多时间。）

有一次在芝加哥的郊区开车，有人领我去看一所房子，房主据说是全城最阔和最有势力的人。有所房子中等大小，有十五到二十间不大的房间。这很使我诧异，并想起我本人在意大利住过的那些巨大的宫殿来（租金比在芝加哥存一辆福特汽车花的钱要少得多）。我还记得那大排大排的有通常舞厅大小的卧室，有火车站那么宽敞的客厅和宽得可以容两辆小卧车并排开过的楼梯。宏伟的宫殿，住在里面真觉得自己高人一等！可是一想起二月间从亚平宁山那边刮过来的怕人的风，我又觉得芝加哥那位阔人不去学另一个时代在不同的国家和他同样的人那样把财富花费在排场上是有道理的了。

洗澡和道德

是皇权、贵族和古代社会等级制度的没落才使我们获得以上谈到的现代享受的两个组成部分；至于第三个组成部分，洗澡，我想至少部分地应当归功于基督教道德的衰败。在欧洲大陆上，而据我所知也在别处，现在都还有修道院学校，在那里面年轻的淑女受到一种教养使她们深信人体是一种不洁和猥亵的东西，不但看到别人的光身子就连看自己的也是犯罪的。就是在准许她们洗澡时（在每两星期的星期六），也要求穿上一件长达膝下的衬衣。甚至还要教会她们一种特殊的换衣服的技巧以保证她们越少看见自己的身体越好。幸好这类学校现在只存下个别的了，但在不久之前还是很普遍的。这类学校继承的是基督教的苦行传统，这个崇高传统由圣安东尼和那些底比斯的不洗脸、营养不足和禁欲的僧侣传下来几百年直到今天。因为这个传统削弱了，妇女才总算得到了经常洗澡这种享受。

早期基督徒对洗澡是全不热心的；但说句公道话，基督教的苦行传统倒也不一贯敌视洗澡这件事的本身。早期基督教的长老们觉得罗马人洗澡时男女混杂得惊人，这是自然的。但是他们里面较温和的是准备有限制地允许人们洗澡的，只是不要搞得不像样子。最后把罗马人的豪华澡塘搞掉的除了基督教的苦行主义之外，还有来自北方的野蛮人的破坏。实际上在笃信基督的时代洗澡也曾经复兴过一时。十字军从东方回来，带来了东方的蒸汽浴，似乎在欧洲颇为流行。为了某种不易了解的理由，洗澡的风气慢慢衰落了，十六世纪末期和十七世纪初期的男人或女人不讲卫生和他们野蛮人的老祖宗不相上下。这种起伏可能与医学理论和宫廷的风气有关。

苦行主义的传统总是对妇女特别严格。在他们的日记里，法国的龚古尔弟兄曾记下在法兰西第二帝国时代上层社会里有一种流行的观点认为，洗澡风行以来，妇女的娴静和道德水平是大为降低了。从此得到的必然推论显然是："女孩儿家要少洗澡。"青年女士们喜欢享受洗澡乐趣的应当感谢伏尔泰的嘲讽和十九世纪科学家的唯物主义。假如没有这些人来打破修道院学校的传统，她们恐怕直到今天也还同她们的先辈一样地娴静，也同她们一样地不讲卫生。

舒适与医学

然而，喜爱洗澡者最应感激的还是医学家。微生物传染的发现鼓励了讲卫生。今天我们是以印度教徒那样的宗教热情来对待洗澡的。洗澡对我们来说已经成为具有魔力的仪式，可以保护我们不受那些体现在喜爱肮脏的细菌上面的邪恶势力的毒害。我们甚至可以预言这种医学宗教还会进一步破坏基督教的苦行传统。自从发现阳光对人的好处以来，从医学上来说，穿过多的衣服就成为一种罪恶。不害羞已成为一种美德。很可能要不了多久，对我们来讲声望犹如原始人间的巫医那样的医生们就会要求我们一丝不挂的了。到了那时也就达到了使衣着越来越舒服的最后阶段。这个过程已进行了有一段时间，先在男子中间，然后在妇女中间，而其间决定性的因素就包括等级制度下的繁文缛节和基督教道德的衰微。

在他那本记载了格莱斯东去世前不久访问牛津大学的描绘生动的小册子里，佛莱彻先生记下了那位德高望重的老人对牛津学生的衣着的评论。看来他对学生们穿衣服既不整齐又不考究是很恼火的。他说他年轻时青年人身上总要有值百把英镑的衣服和饰品，而每一个有自尊心的青年最少也要有一条他穿上后从不坐下的裤子，怕那一来会走了样子。而格莱斯东去访问牛津时，那里的学生还是穿浆得很硬的高领衬衫和戴圆顶礼帽的。我们不知道如若他看见当前大学生们穿的敞领衬衫和花里胡哨的毛衣和松松垮垮的法兰绒裤子的话，他会作何感想。人们从来也没有像现在这样不讲究维持尊严的外表的了；这样随随便便是从未有过的。除去最庄严的场合，人们都可以不考虑级别地位而穿他觉得舒服的衣服。

使妇女们不能舒适的障碍既有道德方面的也有政治方面的。妇女除了行动上不得不循规蹈矩之外，还要服从基督教苦行道德的传统。在男人早已放弃他们不舒服的礼服之后很长的时间内，妇女仍然为了庄重的缘故而忍受极大的不便。是世界大战把她们解放了出来。妇女一旦参加了战时工作，她们马上发现那种传统的端庄的衣着和工作效率很不相容。她们选择了效率。等到发现了少端庄一点的好处后，她们就再也不肯回到老样子去了，这大大改进了她们的健康也增加了她们个人的舒适。现代时兴的衣服之舒服是妇女们从未享受过的。甚至古希腊人或许都没有这么舒服过。不错，她们的内衣是再合理不过的；但是她们的外衣，和印度妇女的服装一样，只不过是拿一块布裹在身上再用别针别上就算完了。没有哪位妇女会感到要靠别针来保持自己的仪态是真正舒服的。

舒适本身就是目的

因传统的人生哲学发生变化而成为可能的舒适这件事，现在已经自行发展了。因为追求舒适已成为一种生理习惯，一种风气，一种本身就值得追求的理想。世界上使人舒服的事越多，人们也就越觉得它的可贵。尝过什么叫舒服的滋味的，不舒服对他就成为一种真正的折磨。崇拜舒适的风气是和任何其他风气同样厉害的。此外，和提供使人舒服的条件紧密结合的有巨大的物质利益。好舒服的习惯一减退，制造家具的、暖气设备的和管道设备的商家都吃不消。利用了现代广告艺术，他们有法子迫使它不但存在而且发展。

在简短地追溯了现代享受精神上的来源之后，我还得就它的影响说两句话。我们要得到什么总不免要付出些代价，因之要舒服就要以失去别的同样有价值甚至是更为有价值的东西来作为代价。当前一位有钱的人盖房子一般总是首先考虑他未来的住所是否舒服。他要花一大笔钱。因为舒适的代价是很高的：在美国，人们常说水暖俱全，房子出让。在洗澡间、暖气设备和带软垫的家具等等上面，花了这笔钱，他就觉得他的房子是十全十美的了。若在以前的时代，像他这样的人却首先会考虑他的房子是否华丽，是否给人以深刻印象——换句话说，就是先考虑美观再考虑舒服。我们同代人花在浴室和暖气上的钱在过去就会花在大理石楼梯，宏伟的外表，壁画，一套套金碧辉煌的房间和绘画雕像上。

十六世纪的教皇们的居住条件之不舒服在一位现代银行家看来会是不能容忍的，但是他们有拉斐尔的壁画，他们拥有西斯廷教堂，还有镶着古代雕塑的长廊。难道因为梵蒂冈没有浴室，暖气和软椅子，我们就应当觉得教皇们很可怜了吗？我有点觉得我们当前要求舒服的热情是有点过分了。虽然我个人也好舒服，但我曾住过差不多不具有英国人认为不可缺少的任何现代设备的房子而感到很快乐。东方人，甚至于南欧人是不大知道什么叫舒服的，他们的生活和我们祖先在几世纪前的生活差不多，可是虽然缺少我们那一套复杂而价值高昂的软绵绵的奢侈品，他们似乎生活得也很好。我是个守旧派，仍然相信有高雅的也有低俗的东西，我看不出不能提高人们思想境界的物质进步有什么道理。我喜欢能节省劳力的装置，因为它们可以使人们省下时间去从事脑力活动。（但是这是因为我喜欢脑力活动；有许多人可不喜欢这样，他们喜爱节省脑力的装置就和喜欢自动洗碟机和缝纫机一样。）我喜欢迅速而方便的交通。因为扩大人们可以活动的世界的范围就会扩大他们的心胸。同样我也觉得寻求舒适是正当的，因为那样就可以提高精神生活。不舒适会阻挠思想的活动：身上又冷又酸痛要用脑子也是困难的。舒适是达到目的的手段。可是当前的世界看来却把它当作一种目的，一种绝对好的东西了。也许有一天大地会被变成一张巨大的软垫床，人的躯体在上面打盹，而人的心灵却被压在下面，像苔丝蒂梦娜那样地被憋死了。

（周珏良 译）

约翰·博因顿·普利斯特利（1894—1984），英国作家。
著有小说《好伙伴》《天使人行道》，
剧本《危险的角落》《探长来访》和《我曾来过这里》等。

※ 论无所事事

　　我曾经随同一位美术家朋友到他的农舍去住过一阵子，他是个讨人喜欢的懒家伙，那所房子坐落在约克郡的丘陵地带，离一个火车站约有十英里远；我们赶巧碰上连日忽然变得挺暖和的天气，于是每天一清早就抄最近的荒野小道，悠闲自在地爬到海拔两千英尺的地方去，仰面朝天地躺在那儿，消磨那漫长而金光灿烂的午后良辰——任什么事也不干。要找个地方偷闲休息休息，哪儿也比不上荒野高原。那里像是一个洁净而空旷的露天大厅。那种显然单调的环境，既不提供当场叫人神魂颠倒的娱乐，也无引人入胜而声色俱全的大戏可看，但却有浮云阴影和色彩斑斓的地平线慢慢变换出来的千姿百态，微妙绝伦，足以使您心荡神移，情趣丛生。高原上一块块客厅地毯般大小的草地，美好柔软得像丝绒，诱您躺在上面养神歇息。那儿远离尘世喧嚣，超脱人间利害得失，万古长存，使人头脑得以休息，杂念涤净。世上的噪音全都淹没在麻鹬一片单调的啾啾声中。

我们连日舒坦地躺在高原草地上，不是仰望苍穹就是梦幻般地凝视远方的地平线。当然，说我们什么事都没干，也绝非事实，因为我们抽掉大量烟叶，吃了许多三明治和小块的巧克力，喝了不少冰凉冒汽的溪水，那水也不知道从哪儿涌出来的汩汩流了几码就消失了。我们俩偶尔也交换一两句话。不过，我们也许达到了人类两名成员尽可能近乎什么事也不干的程度。我们闲呆着，什么计划也不制订，头脑里连个想法都没有；我们甚至没有像两个男伙伴聚在一起往往一味地对着吹牛那样消磨时光。在远方某地，我们的亲友正在乱哄哄地忙忙碌碌，动用心计啦，图谋策划啦，争辩啦，挣钱啦，挥霍啦；可我们就像成了仙一样，实实在在地无所事事，头脑清净，一片空白。但是，我们结束那段短暂的赋闲时刻，脸色晒得晚霞那样红喷喷，从高原下来，回到凡人和报馆老板盘踞的尘世，却发现我们刚刚受到戈登·瑟夫里奇先生的指责。

他是在什么时候什么场合指责我们的，我并不知道。我也不清楚是一群什么样嘻嘻哈哈欢闹的家伙居然招致并取得了他的信任。怪事就发生在这稀罕的阳光助长我们那种怪癖的季节里。去年还是前年刚有那么一位富有创业精神的家伙组织了一次欧洲大陆导游旅行，为了招徕更有学问的人参加度假，还特地在途中各站给他们安排一系列知名作家的演讲。那群愉快的游客上路了，他们的向导也确实信守诺言，因为您瞧——第一站就有英季教长给他们做了一次畅论现代享乐的演讲。不过，瑟夫里奇先生是不是也向一群度假者发表宏论，或是在那帮商场大老板召开的严肃会议上致词，我就不清楚了，反正我确实知道他说了他最痛恨懒散，认为那是天字第一号罪恶。我也相信他批评了一些浪费时间的人，可我把他举出的理由和例子忘了，说实话，再去细究，我会认为那是一种浪费时间的丢脸事儿。

瑟夫里奇先生虽然没有点我们的名，却在攻击懒散那一过程中，脑子里自始至终想着我们俩，这一点是根本用不着怀疑的。也许他的脑海里出现这样一种使他震怒的景象，那就是我们俩平躺在荒野高原上，堂而皇之地浪费时间，而世间却有许多活儿亟待去做，顺便提一句，亟待完成后由瑟夫里奇的店铺买进再卖出。我真希望他能看到我们俩，因为那想必会对他大有好处；我们俩无论在什么时候都叫人瞧着痛快，即使我们什么事也不做的时候，谁要是看看我们，哪怕只看到并不完整而难以理解的形象，也会对他的身心有所裨益。不幸的是，瑟夫里奇先生大概对他所谓的懒散之罪已经下了断语，所以不愿意接受别人的看法，连态度也不肯软化一些。这实在可惜，更糟糕的是他的观点在我看来并不对，而且肯定相当有害。

在这人世间，万恶其实都是那些一向忙忙碌碌的人造成的，他们既不知道什么时候该忙，也不晓得什么事情该做。我认为魔鬼仍然是宇宙间最忙碌的家伙，我也蛮有把握地想象到他在谴责懒散，而且对那种浪费一丁点时间的现象大发雷霆。

我敢打赌，在他统治的王国里，谁也不许闲着，即使偷闲一个下午也不行。我们大家都坦率承认这个世界一团糟。可我跟有些人一样，认为并非是悠闲懒散把它弄到这步田地的。人间缺少的不是有为，而是无为；它无所不能，惟独缺少友善和些许理智。世界上仍然有大量的精力（以往从来也没有这样多瞎忙的人），只不过大部分都给浪费在不该用地方了。比如说，要是1944年7月里，天气好得叫人懒洋洋，所有的人，皇帝啦，国王啦，大公爵啦，政治家啦，将军啦，记者啦，都一下子极想什么事也不干，而只希望在阳光下闲荡，消耗烟叶，那么我们的境况也许就会比现在强多了。可是不行，那种生活必须紧张的说教仍然是无可争辩的；任何时间都不许浪费，总得想法干点什么。于是，众所周知，真就干出了什么名堂。

再说，假如咱们那些政治家，与其带着一大堆还没考虑成熟的想法和大量可以消耗的精力匆匆赶到凡尔赛去，还不如暂时撇下一切书信来往和接见等等事务，干脆都去度假两周，只在这个或那个山坡上闲逛，破题儿第一遭在他们精力旺盛的生活当中显然什么事都不干，然后嘛，再回到他们那个所谓的和平大会去，这样也就可以在散会后，声誉没被玷污，世界大事也给处理得挺好。其实就在目前，如果欧洲有一半政治家都放弃那种视懒散为罪恶的想法，离开政坛一阵子，什么事也不干，那么我们肯定会从中获益匪浅。其他例子也都涌上心头。例如，某些宗教教派时而召开会议，尽管外面罪恶堆成山，人类文明的前景仍然难卜，那些与会代表却在谴责女人裙子的长度和伴舞乐队的噪声，净在这些小是小非上瞎浪费时间。他们还不如找个地方躺躺，凝视天空，休息休息他们的脑筋更好些。

懒散为万恶之首的想法，伴以生活必须紧张的说教，在美国十分流行；我们也没法回避美国是个令人惊异的昌盛国家这一事实。可我们也没法回避另一事实：在那样一个社会里，所有最卓越的当代作家竟然全是讽刺家。

说也奇怪，大多数伟大的美国作家都毫不迟疑地歌颂悠闲自在，他们的才能往往就是无所事事，为此还自夸呢，这就是他们救世的办法。因此，梭罗如果没有他那种什么事也不干而只欣赏银河的本领，就只会是个冷冰冰的道学先生；还有惠特曼，如果剥夺了他双手插在裤兜里闲荡的习惯以及这样消遣时所流露出来的天真喜悦，就只会是个大号笨蛋。任何一个蠢货都会小题大做瞎忙乎，到处消耗他的精力，而一个人想安顿下来无所事事，却得有点真本事。他必须存有可以汲取的精力，必须能够浸沉于缓缓流畅的沉思奇想的河流，必须内心深处是位诗人。

往往其他诗人叫我们失望的时候，我们便会想到华兹华斯，因为他深知无所事事的奥妙，你可以说，没有谁比他做得更好了；你也可以从他的作品中发现有关这方面最好的叙述。他活得够长的，足可以把他年轻时的大多数见解收回，可我认为他绝不会对其中一个想法反悔，那就是世间再也没有什么比无所事事地凝视大自然更能使人心灵净化，更能使人健康了（他在一首诗中真的对一些吉卜赛人表示过愤慨，因为他有一次从那些人身旁走过，十二个小时之后再从他们身旁经过，竟然发现他们一直什么事也没干。我怀疑这是种族偏见，还带点忌妒，因为他本人虽然干得不多，那些人却干得更少。）

他要是仍然在世，肯定会比以往更加热情而经常地宣讲他的信条；他或许还会攻击瑟夫里奇先生，用一连串了不起的十四行诗（开首是"上周他俩漫步在荒野高原上"）来维护我们俩，顺便说一句，这些诗一点儿也不会引起人们的注意。他会告诫我们，如果人人在未来十年里，一有机会就尽可能仰面朝天地躺在荒野高原上，无所事事，那么全世界的情况就会好得多。这他可就说对了。

三木清

三木清（1897—1945），日本明治、大正、昭和时期哲学家。
主要著作有《唯物史观与现代意识》《历史哲学》《构想力的伦理》《哲学入门》等。

※ 冥想

有时，我与人谈着话会突然陷入沉默，这时是我正在接受冥想的访问。冥想常常是位意想不到的来客；不是我召唤冥想，冥想是不可能召唤的，冥想到来之时总是置一切于不顾。"从现在开始冥想"之类的说法实在是愚蠢之至。我所能办到的充其量是常常做好迎接这位不速之客的准备。

假定思索是由下而上升，那么冥想就是由上而下降。冥想具有某种天赋的性质，这种性质中有冥想和神秘主义之最深刻的联系。冥想或多或少是神秘的。

这位不速之客可能光临一切场合，不单单是在人们安静地独处之时，就是在众人的喧哗之中，冥想也会飘然而至。与其说孤独是冥想的条件，不如说是冥想的结果。例如，面向许多听众讲话时，我会意想不到地受到冥想的袭击。这时，对于这位不可抗拒的闯入者，我或是扼杀或是整个地委身于它。冥想没有条件，这是将冥想看作上苍的赋予之最根本的理由。

柏拉图记载了苏格拉底在波提代亚阵营中连续一昼夜陷入冥想的事。那时，苏格拉底的确是在冥想而不是在思索。出现于市场，任意抓住谁高谈阔论，才是苏格拉底思索之时。思索的根本形式是对话。波提代亚阵营中的苏格拉底、雅典市场上的苏格拉底——再没有比这更明显地表现出冥想与思索差异的了。

思索与冥想的差异甚至表现在正当人们思索之时，也会陷入冥想中。

冥想没有过程。在这一点上，冥想与有过程的思索存在本质的区别。

冥想总是甜美的，因此人们渴望冥想。仅仅为此，人们才保持了对于神秘主义的喜爱。当然，冥想绝不依从我们的欲念。

任何富于魅力的思索，其魅力都基于冥想的神秘主义和形而上学。任何思索只有在这个意义上才是甜美的。思索不是甜美的事，所谓甜美的思索根本不是思索，存在于思索基础中的冥想才是甜美的。

冥想因其甜美而诱惑着人们。真正的宗教反对神秘主义就是因为这种诱惑。冥想是甜美的，但在人们受到这甜美的诱惑之时，冥想已不再是冥想，而成了梦想或空想。

能够产生冥想的是严谨的思维。对于冥想这位突如其来的拜访者，所做的准备就是具备训练有素的思维方法。

"冥想癖"的说法是矛盾的，因为冥想绝对不可能成为习惯性的。成了癖好的冥想根本不是冥想而是梦想或空想。

没有冥想的思想家是不存在的。因为冥想给予思想家以想象力，绝没有什么不具备想象力的真正的思想。真正富于创造的思想家往往是依据想象而严谨地进行思维的。

勤奋是思想家最重要的品格，以此可以将思想家和所谓冥想家、梦想家区别开来。当然，仅靠勤奋是不可能成为思想家的，思想家还必须具有上苍赋予的冥想。但是，真正的思想家又总是不断地与冥想的诱惑进行着斗争。

人可以边写作边思索或者根据写作而进行思索，但冥想却不是这样。冥想从某种意义上来说是精神的休息日。精神也和工作一样需要有闲暇。过多地写和完全不写对于精神都同样有害。

哲学文章中称为"休止"的东西就是冥想。思想的方式主要决定于冥想，如果冥想是旋律，那么，思想就是指挥棒。

在冥想的甜美之中或多或少有爱的成分。思索寓于冥想如同精神寓于肉体一样。

冥想从某种意义上来说，是思想的人的原罪。从冥想中，因而也就是从神秘中寻求解脱的思想是异端思想。解脱对于思想的人也像对于宗教信仰的人一样，仅仅是口头上的。

蓬热

费朗西斯·蓬热（1899—1987），法国诗人。曾获1981年国家诗歌大奖，1984年法兰西学院诗歌大奖和1985年法国文学艺术家协会的文学大奖。代表作有《雨》《阿维尼翁的回忆》和《我的树》等。

※ 水

水在比我低的地方，永远如此。我凝视它的时候，总要垂下眼睛。好像凝视地面，地面的组成部分，地面的坎坷。

它无色，闪光，无定形，消极但固执于它惟一的癖性：重力。为了满足这种癖性，它掌握非凡的本领：兜绕、穿越、侵蚀、渗透。

这种癖好对它自己也起作用：它崩坍不已，形影不固，惟知卑躬屈膝，死尸一样俯伏在地上，就像某些修士会的僧侣。永远到更低的地方去，这仿佛是它的座右铭。

由于水对自身重力唯命是从这种歇斯底里的需要，由于重力像根深蒂固的观念支配着它，我们可以说水是疯狂的。

自然，世界万物都有这种需要，无论何时何地，这种需要都要得到满足。例如衣橱，它固执地附着于地面，一旦这种平衡遭到破坏，它宁愿毁灭也不愿违背自己的意愿。可是，在某种程度上，它也作弄重力，藐视重力，并非它的每个部分都毁灭，例如衣橱上的花饰、线脚。它有一种维护自身个性和形式的力量。

按照定义，液体意味着宁可服从于重力而不愿保持形状，意味着拒绝任何形状而服从于重力。由于这个根深蒂固的观念，由于这种病态的需要，它把仪态衰失殆尽。这种痴癖使它奔腾或者滞留；使它萎靡或者凶猛——凶猛得所向披靡；使它诡谲、迂回、无孔不入；结果人们能够随心所欲地利用它，用管道把它引导到别处，然后让它垂直地向上飞喷，目的是欣赏它落下来时形成的霏霏细雨：一个真正的奴隶。

水从我手中溜走……从我指间滑掉。但也不尽然。它甚至不那么干脆利落（与蜥蜴或青蛙相比），我手上总留下痕迹、湿渍，要较长的时间才能挥发或者揩干。它从我手中溜掉了，可是又在我身上留下痕迹，而对此我无可奈何。

水是不安分的，最轻微的倾斜都会使它发生运动。下楼梯时，它并起双脚往下跳，它是愉快而温婉的，你只要改变这边的坡度，它就应召而来。

（程依荣 译）

川端康成

川端康成（1899—1972），日本小说家，"新感觉派"运动发起者。其代表作大多为中短篇小说，如《伊豆的舞女》《母亲的初恋》《雪国》《千只鹤》和《古都》等。1968年获诺贝尔文学奖。

※ 初秋山间的幻想

　　人类确有许多胜过一般动物的本领，比如语言、文字、交通机关、电信电话，等。因此，无论在精神上或是在肉体上，人类相互间同其他动植物间的交际，存在着很大的差别。具体地说，东京的狗就不了解伦敦的狗。岂止不了解，恐怕连做梦都没有梦想过。山南的桔梗花恐怕看不见山北的桔梗花就完全凋零了。

　　如果说，现代人类的本领也超越其他动物，具有一种不同于其他动物间的交际方式，那么将来人类在精神上和物质上所具有的东西，就将会更加丰富，那一天彼此之间肯定会具有超越现代人类相互间的交际本领。这是一种正确的预想。幻想着未来人类相互间交际的模样，倒是一件饶有兴味的事。假定人类的灭亡、地球的毁灭总有一天会到来，这种幻想也不见得就是那么愚蠢吧。

随着机械文明、物质文明更加巨大的进步，人类在这方面拥有的东西将更加丰富，那时候人类相互间的交际情况，又将如何呢？我每次作这种幻想，就不由得被一种不安的思绪所袭击，仿佛将把人类引向自我毁灭的深渊。不过，这种事态不至于发生吧。人类的智慧虽然会拯救它，但有时这种期待也会出乎意料地落空。例如，所谓资本主义制度，是一种其他动物显然看不到的人类特有的东西。它似乎使人类大大削弱了。人类将来或许会从这种制度下摆脱出来，可是谁又能断言将来物质文明和机械文明不会比资本主义制度在人类的额上制造出更多的恶性肿瘤呢？这方面的幻想到此为止吧。我没有多少物质科学的知识，眼下对自己来说，这是一种力不从心的考察。

至于精神方面的问题，我以为有三种情况，那就是：生者与生者的交际、生者与死者的交际、死者与死者的交际。倘使任凭这三种情况的幻想自由驰骋，那么首先应该考虑精神的问题。换句话说，就是理所当然地应该考虑心灵的本质问题。然而，现代的心灵学似乎仍徘徊在相当幼稚的世界里。现在好不容易才稍稍达到用实证科学来证明灵魂是不同于肉体的存在，仅此而已。说我相信已经证明了的心灵学家的主张，也许是适当的。

就人的灵魂问题思考过的先觉者们来说，他们往往只尊重人，公开蔑视其他动物和植物，或者暗地抹杀它们。我对此深感不满。我认为走向这样独善其身的缥缈的世界是行不通的。再说，我觉得只尊重自己的灵魂、陷入超脱的思想境界，或只安于认识自我存在，这种认识论也是很肤浅的。这种思想，一旦碰到"死"这个东西，不就有点难办了吗？这种西方式的思想，似乎是行不通的。

以前自己在一部小说中曾这样写道：

"大体上说，人为了将自己同自然界的森罗万象加以鲜明地区别开来，世世代代就得延续不断地做着这种永恒的历史性的努力，但这并不是愉快的事啊。大多数人感到人生的空虚，这种精神难道不是从这种努力的遗传而来的吗？我觉得，人说不定什么时候会从迄今的努力的道路上倒退，犹如投向空中的石子，力尽之后就会掉落在地面上一样。"

（中略）

倘使事情像这次地震的程度就好啰。为什么呢？因为人再怎么惊慌失措，也不能认为自己是这样虚幻无常的吧。事实上也还没到全人类都自缢的程度。人岂止不厌世自杀，反而还懂得了生命之可贵。地震夺去少数人的生命（让人觉得人世间的无常），也许会使人们感到人生灰暗。但是，人类继续存在是庄严不可侵犯的。当然，这是极大的好事。我们也要看到世上还有些冒失鬼，不是有人联想到地球或宇宙也会有毁灭之日吗？从道理上说，人是知道地球会毁灭的。可是，恐怕没有谁听说过，有人因为有了这种知识而绝食自杀的吧。假使有人这么做，他就是个白痴。倘使他是白痴，那么认为人类可能面临末日的人，也是个白痴。试想，人们没能从某被服厂的大火浩劫中逃脱出来而被烧死，他们那种狂乱的感情，是整个人类末日的感情。在那狂乱的一瞬间，全人类一个不剩地毁灭这类事，也是不可想象的，也是不堪忍受的。

有人信赖那个世界，愿意安详地离开这个人世间。这是一种对死的有意识的反抗。骑士为了保卫人类同死而战是出于本能，因而有时也是无意识的。这是人类继续存在的信念啊！在人类灭亡、地球毁灭的日子里，这个种族继续存在的信念，就变得无用了。怎么办？你会这样问的吧？然而，我一点也不担这份心。为什么这样说呢？因为我认为在这一天到来之前，人类定会产生信心，足以代替现在的种族继续生存感。这种信心是什么呢？请你回家问问尊夫人吧。于是尊夫人成为夫人之前，能够回答你的问题的时代到来之前，将会使刚才谈到的轮回转世学说好像在一片焦土上绽开的一朵鲜花那样可爱。倘使不是人投胎转生为企鹅或夜来香，而是夜来香同人变成一体，那就更合适了。哪怕仅此一点，也真不知会使人的心灵世界，换句话说就是爱，变得多么广博和适畅啊！由一元而多元，由万有灵魂而一神……啊！怎么都好呀。从这里出发，会产生什么样的信心呢？那就该由尊夫人来回答了。而且，你知道，直到尊夫人回答问题的那一天，人类、地球和宇宙都绝不会毁灭，绝不可能毁灭……

总之，我不可能认为这种轮回转世学说是完全可以打开宇宙的神秘的唯一钥匙。不过，我倒觉得它是迄今人类的思想中最美好的东西之一。最初我是把它作为灵魂上的事来信仰的，然而由于物质科学的进步和其他原因，把它说成是一种迷信了。另一方面，也可以说在物质世界里，这一学说反而招来了获得科学性实证的结果。物质的轮回转世这句话有点滑稽可笑，它包含着运动、畅通、不灭等精神。物质在运动，就算我说我的小指尖的一细胞冲着整个宇宙在运动。也不见得就是那么荒唐吧。

以灵魂的轮回转世学说来说，今天恐怕也不能断定就是迷信。灵魂是不同于脑细胞或肉体的另一种存在，而且还不十分清楚地认识它的真面目，那么关于它的美丽假设，就不能轻率地肯定，同样也不能轻率地否定。

写得太冗长，该在这里搁笔了。虽说是对遥远未来人类的灵魂生活所做的种种幻想，但不能说自己就那么高尚。最近，每晚我都感到这温泉浴场的月亮很美。我设想长夜之宴，然而这不可能，我便沉湎在长夜的幻想之中，体味一番乐观的情趣。

（1925年11月）

库尔特·图霍尔斯基（1890—1935），德国作家、政论家。

他的作品善于运用行话、方言，文章短小精悍，语言生动传神。

代表作有《莱茵斯贝格》《格里普斯霍尔姆宫》《在普鲁士壁炉旁的幻梦》《五马力》

《蒙娜·丽莎的微笑》《德国，德国高于一切》《别哭，要学着笑！》等。

※ 这种动物叫做人

人有两条腿和两个信仰。境况好的时候，他有一种信仰，境况不好的时候他又有一种信仰。这后一种信仰就叫宗教。

人是脊椎动物，有一颗不朽的灵魂，还有一个祖国，以使他不至于太狂妄。

人是通过自然的方式产生的，然而这种自然的方式却被他认为是不自然的，并且不愿意谈及它。他被生了出来，可是并没有人问他要不要被生出来。

　　人是一种有用的生物，因为士兵的阵亡可以抬高股票价格，矿工的死亡可以提高矿主的利润，人的死亡可以让科学、文化、艺术跃上一个新台阶。

　　人除了繁衍后代和吃喝的本能以外，还有两种癖好：制造噪音、不注意听别人说话。人简直可以被界定为一种从不听别人说话的生物。如果是智者的话，那他这样做是对的，因为他所听到的很少是明智的话。人很喜欢听的是：承诺、谄媚、赞许和夸奖。当你说谄媚话的时候，不妨把你想要说的话再做三分夸张。

　　人对同类是苛刻的，所以他发明了法规。他自己不能做的事，其他人也当然不能做。

　　要想信任一个人，你最好骑在他背上；最起码在你压在他身上的这段时间里，你是有把握他不会跑开的。有的人也信赖品德。

　　人分成两种：男的那种不愿意思考，女的那种不会思考。这两种人都有所谓的感觉：撩起这种感觉的最保险方式是调动人体的某些敏感部位。这种情形又让一些人分泌出抒情诗。

　　人是荤素皆食的生物；在北极探险的途中他们有时也吃自己的同类；但法西斯把这一切又都给抵消了。

　　人是一种政治性的生物，最喜欢堆成团度过他的一生。任何一堆都痛恨其他的堆群，因为那是其他的；但又恨自己的这堆，因为那是自己的。这后一种憎恨被称为爱国主义。

　　每个人都有一个肝，一个脾，一个肺和一面国旗；所有这些器官都是缺一不可的。据说有没有肝、没有脾、只有半个肺的人，可是没有国旗的人是没有的。

　　繁衍行为微弱的话，人就会想出各种招术：斗牛，犯罪，运动和司法。

　　友好相处的人是没有的，有的只是统治与被统治的人。不过还没有能统治自己的人，因为他身上持不同政见的奴性的一半总是比有掌权癖好的另一半强大。每个人都是自己手下的败将。

　　人是不喜欢死去的，因为他不知道死了以后还会发生什么事。即使他自以为已经知道死后将会发生什么，他还是不想死，还想让老朽的躯体再支撑一阵子。说是一阵子，实际有那么点"永恒"的意思。

　　另外，人还是这样一种生物：进门之前首先敲门，放糟糕的音乐，让他的狗乱叫。人有时候也会安静下来，但那时他已经死了。

沃尔夫

托马斯·沃尔夫（1900—1938），美国小说家。
主要作品有长篇小说《天使望故乡》《时间与河流》
及由他人整理出版的长篇小说《罗网与磐石》等。

※ 远和近

　　一个小镇，坐落在一个从铁路线连绵而来的高地上。它的郊外，有一座明净整洁装有绿色百叶窗的小屋。小屋一边，有一个园子，整齐地划成一块块，种着蔬菜。还有一架葡萄棚，到了八月底，葡萄就会成熟。屋前有三棵大橡树，每到夏天，大片整齐的树荫，就会遮蔽这座小屋。另一边则是一个鲜花盛开的花坛。这一切，充满着整洁、繁盛、朴素的舒适气氛。

　　每天下午两点过几分，两个城市间的特快列车驶过这里。那时候，长长的列车要在镇上附近暂停一下，然后又平稳地起步前进，但是它的速度还没有开足时那么惊人。在机车有力地掣动下，眼看它不慌不忙地从容驶去，沉重的车厢压在铁轨上，发出低沉和谐的隆隆声，然后消失在弯道中。在一段时间里，在草原的边缘上，每隔一定间距，汽笛吼叫，喷出一圈圈浓烟，可以感觉到列车行驶的痕迹。最后，什么也听不见了，只剩那车轮的坚实的轧轧声，在午后的寂静中悄然隐去。

　　二十多年来，每天，当列车驶近小屋时，司机总要拉响汽笛。每天，一个妇人一听到鸣笛，便从小屋的后门出来向他挥手致意。当初她有一个小孩缠着她的裙子，现在这孩子已长成大姑娘，也每天和她母亲一起出来挥手致意。

　　司机多年操劳，已经白发苍苍，渐渐变老了。他驾驶长长的列车载着旅客横贯大地已上万次。他自己的子女都已长大了，结婚了。他曾四次在他面前的铁轨上看到了可怕的悲剧所凝聚的小点，像颗炮弹似的射向火车头前的恐怖的阴影——一辆满载小孩子的轻便马车和密密一排惊惶失措的小脸；一辆廉价汽车停在铁轨上，里面坐着吓得目瞪口呆状若木鸡的人们；一个又老又聋的憔悴的流浪汉，沿着铁路走着，听不到汽笛鸣声；一个带着惊呼的人影掠过他的窗口——所有这些，司机都历历在目，记忆犹新。他懂得一个人所能懂得的种种悲哀、欢乐、危险和辛劳。他那可敬的工作，仿佛风刀霜剑，在他脸上刻下了皱纹，现在，他虽已年老，但在长期工作中养成了忠诚、勇敢和谦逊的品质，并获得了司机们应有的崇高和智慧。

　　但不管他见识过多少危险和悲剧，那座小屋，那两个妇女用勇敢从容的动作向他挥手致意的景象，始终印在他的心里，看作美丽、不朽、万劫不变和始终如一的象征，纵使灾难、悲哀和邪恶，可能打破他的铁的生活规律。

　　他一看到小屋和两个妇女，使他感到从未有过的非凡幸福。一千次的阴晴明晦，一百次的风雷雨雪，他总是看到她们。通过冬天严峻单调的灰蒙蒙的光线，穿过褐色冰封的莽地，他看见她们；在妖艳诱人的绿色的四月里，他又看见她们。

　　他感到她们和她们所住的小屋无限亲切，好像父母对自己的子女一样。终于，他觉得她们生活的图画已深深地印在他的心中，因而他完全了解她们一天中每时每刻的生活。他决定，一旦他退休了，他一定要去找她们，最后要和她们畅谈生活，因为她们的生活已经和他自己的生活深深交融在一起了。

这一天终于到来了。最后，司机在她们居住的小镇的车站下了车，走到月台上。他在铁路上工作的年限已经到了。他目前是公司领取养老金的人，没有工作要做了。司机慢慢地走出车站，来到小镇的街上。但所有的东西对他来说都是陌生的，好像他从未看到过这小镇似的。他走着走着，渐渐感到迷惑与慌乱。这就是他经过千万次的小镇吗？这些是他从高高的车厢窗口老是看见的房子么？一切是那么陌生，使他那么不安，好像梦中的城市似的。他越向前行，他的心里越是疑虑重重。

现在，房屋渐渐变成小镇外疏疏落落的村舍，大街也渐渐冷落，变成一条乡村的小路——两个妇女就住在其中一所村舍里。司机在闷热和尘埃中沉重地慢慢走着，最后他站在他要找寻的房屋前面。他立刻知道他已经找对了。他看到了那屋前高大的橡树，那花坛，那菜园和葡萄棚，再远，那铁轨的闪光。

不错，这是他要找寻的房子，这地方他经过了不知有多少次，这是他梦寐以求的幸福的目的地。现在，他找到了，他到了这里，但他的手为什么在门前却抖了起来？为什么这小镇、这小路、这田地，以及他所眷恋的小屋的门口，变得如此陌生，好像噩梦中的景物？为什么他会感到惆怅、疑虑和失望？

他终于进了大门，慢慢沿着小径走去。不一会儿，他踏上通向门廊的三步石级，敲了敲门。一会儿，他听到客厅的脚步声，门开了，一个妇女站在他面前。

霎时，他感到很大的失望和懊丧，深悔来此一行。他立刻认出站在他面前用怀疑的眼光瞧他的妇人，正是那个向他千万次挥手致意的人。但是她的脸严峻、枯萎、消瘦；她那皮肤憔悴、灰黄，松弛地打成褶皱；她那双小眼睛，惊疑不定地盯着他。原先，他从她那挥手的姿态所想象的勇敢、坦率、深情，在看到她和听她冷冷的声音后，刹那间一股脑儿消失了。

而现在，他向她解释他是谁和他的来意时，他自己的声音听来却变得虚伪、勉强了。但他还是结结巴巴地说下去，拼命把他心中涌出来的悔恨、迷惑和怀疑抑制下去，忘却他过去的一切欢乐，把他的希望和爱慕的行为视同一种耻辱。

最后，那妇人十分勉强地请他进了屋子，尖声粗声地喊着她的女儿。在一段短短的痛苦的时间里，司机坐在一间难看的小客厅里，打算和她们攀谈，而那两个女人却带着迷茫的敌意和阴沉、畏怯、抑郁、迟钝的眼光瞪着他。

最后他结结巴巴地和她们道别。他从小径出来沿着大路朝小镇走去。他忽然意识到他是一个老人了。他的心，过去望着熟悉的铁路远景时，何等勇敢和自信。现在，当他看到这块陌生的，不可意料的，永远近在咫尺，从未见过，从不知悉的土地，他的心因疑惧而衰竭了。他知道一切有关迷途获得光明的神话，闪光的铁路的远景，希望的美好小天地中的幻想之地，都已一去不复返了，永不再来了。

（万紫 译）

斯蒂维·史密斯（1902—1971），英国诗人及小说家，
她写了三部小说：《黄纸上的小说》《越过边境》及《假日》。
但她的诗歌更富盛誉，最著名的诗集是《不是在挥手而是在淹死》。

※ 简单的活法

　　如果你要活得简单，就必须得有点钱。钱不必太多，但得有。因为活得简单意味着对许许多多的事情说"不"。如果你没钱，你怎么能对上班下班的困顿旅行、对得具有争强好胜之心说"不"字？如果你有点钱，还是位写诗的，那就再也没有比简简单单生活更快乐的事了。况且，过得简单也挺棒。我目前的状态就挺棒。我可以在想说行时就说行，想说不时就说不。有时说行是很重要的，不然

你就变成奥勃洛摩夫了。他成天呆在床上，受着仆人的欺骗、偷盗，毫无乐趣可言。

活得简单的人还很容易享受到"令人讨厌的贵族式的生活乐趣"。但是，还是要小心为妙，要不然你就会与自己过不去，你会毁掉了活得简单的目的——而这正是其享受所在。

> 我的心溢满轻柔的细雨。
> 我曾这样晃荡，几小时复几小时地，
> 我既不关心战争，也不在乎死亡，
> 我兴高采烈地喘着气。

我写了这首诗，还为它配了一幅画，画上是个小东西趴在秋千上晃来荡去，显示出简单中蕴含的乐趣。我觉得"蕴含"这个词太贴切了，乐趣是你找不来的，乐趣是向你游过来的。作家约翰·库伯·波依斯用他的书中回响着的辛辣的笑声，用冷嘲热讽的谦逊，用他笔下世界里的岩石、水塘、动物和人类，深刻地昭示了简单的愉快，表现了简单中的伟大的高贵。因为正如我暗示过的，简单中有种伟大的高贵。对那些忙忙碌碌的人来说，不管他们是自愿还是被迫忙碌，这种高贵的简单让他们心绪恶劣。他们也许会写首打油诗打发掉简单的人们，正如他们对待可怜的科劳夫特的办法一样：

> 在高处
> 在顶格上
> 坐着科劳夫特
> 他是个软蛋。

现在，我享受着简单的生活。我照顾着一个人，这个人过去曾照料过我。我喜欢这事。我觉得照料别人比被照料更乐趣无穷，而且也更为简单。我过去对自己不会做饭忐忑不安，设想万一自己必须持家，但又不会，该如何是好。总想，死也许比不会还强点吧。现在我做饭，没有了这类担心了。我喜欢吃的东西，喜欢择菜削皮，喜欢刀下有片鲜嫩的菜蔬，喜欢在厨房中消磨一段时光。眺望窗外的花园，耗子在那里做窝，魁伟的毒参有十英尺高了。（有一次晚饭时，我身旁坐着一位男士，战争期间，他为抵抗运动制造一种慢性毒药。他对我说：你需要蒸馏毒参的根。）看着我的绞肉机上镌刻的日期——1887年，再看看我的锈迹斑斑的铁炉子的牌名：白玫瑰。为了给这些物品起了名不副实的名字的大师，我们真得感激我们的吉星……。某个朋友家的盥洗室里的盆，是荷兰蓝色的，被称之为"鲨鱼"；有只游艇，叫铃兰；有只猫，产过二百只猫仔，叫"小姑娘"。

看看吧。这是简单生活的主要方面。昨天，我姑母卧室里的衣橱的门卡住了，我拽门时，我姑母的父亲的一把剑落在我头上。我掀开裹着剑的美国黑布，布都糟了，我端量这把漂亮的剑，剑柄绘着浅蓝、白色和金色，刀面雕有图案。来看看缤纷的色彩吧。对面屋顶闪烁的色泽犹如北海，在雨中闪着蓝宝石一样的光。

看看动物们吧。"狗与鸭"酒吧中的那只老狗，胖乎乎地颠着，遛来遛去。有一次，我在离家一英里外的地方遇见了它。它过马路时，左顾右盼，俨然一位基督徒。住在那幢圆形房子里的男人喜欢收集各种各样的前门，这些前门——粉的、蓝的、绿的、立在他的前花园里。我们附近有只淡赤色的猫，生来是盲的，但它走起路来像位帝王，头高高地昂起。它很凶野，你要是碰了它，它就会向你的喉咙扑过来。

有规律的习惯使简单的生活更为甜美。每天上午，我离开厨房，与我姑母一起喝杯雪利酒。我敢说这简直美妙无比。简单之中有许多美妙的事情。有时，其美妙之处就在于你很少做。例如，我们没电视机。但有一次我在一位朋友家看了电视上播放的《特洛伊妇女》。这次极少有的享受的强烈震动使我笑了许多，也想了许多。为什么把海伦弄成个荡妇？她属于皇室，有一半神的血统，并受到女神的驱迫。为什么这出戏被当成反战的论说，同时却保留了欧里庇得斯充满着讽刺意味的诗行（他通过被俘的妇女的嘴，通过正在被掳的公主们和奴隶们的嘴道出这些）："如果不曾遭受这些痛苦，我们就会被人忘记。"这真是令人笑破肚皮。但是，如果我的生活不是简单的；如果我成天到晚看电视，我未必会有此乐趣。有时，绝望的片刻会袭来，当夜幕降落，白茫茫的雾压在窗口。房子好像变了形，渐渐上升，屋内成为一片绝望之地。恐惧与狂怒畅通无阻，死的念头犹如朋友相随。在所有念头中，最简单的一种就是认为一旦我们呼唤，死就必定会来临，虽说死是位神明。在这种时刻，知道楼上有位九十二岁的老人正坐着，极有尊严，智慧高超；知道自己需要别人也被别人所需要，真让人受益无穷。我从不认为简单中的幸福可以在孤独中寻得，虽然有许多人只能在孤独中寻找，因为他们别无选择。就像我写的一首诗中那可怜的老头。我就用此诗来结尾：

> 从你意气消沉的床上起来吧
>
> 从你精神沮丧的床上起来吧
>
> 你的朋友明天也不会来
>
> 亦如他们今天没来你必须靠自己，他们说，
>
> 你必须靠你自己，
>
> 啊，我觉得这药可真苦，可怜的老头，
>
> 说着，边从架子上取药哭着说，我的甜蜜的死神，来吧，
>
> 来与我相依相伴吧，
>
> 甜蜜的死神啊，只有你，
>
> 我可强迫你为伴。
>
> 是不是为逃避这最后的简单，人们如此奔来跑去呢？

（沈睿 译）

※ 累极而无言

对一位作家来说，长期的"累极无言"可能是种严重的障碍。我不能抱怨我患有此症。当然，缪斯总是喋喋不休地抱怨的，（或由于愧疚，人总是以缪斯的

名义抱怨不停：

> 我的缪斯闷闷不乐地呆坐
>
> 她但愿她还未出世
>
> 她坐在寒天冷地里
>
> 她说的话从没被述出过。

而实际上呢，我们在为那个怨气十足的家伙写得累死累活。）好吧，写累了，魔鬼便会趁机取而代之。人要是强迫自己，就会有点烧得慌（也就更累），结果，由于紧张过度，字句横冲直撞。有时也显得怪模怪样。因为累得要命，词语有点走岔路，写出来的东西就奇妙地滑移了。所以，当我要写"富裕的环境"时我写成了"可亲的环境"；要写"否定"，写成了"航行"，这下思想的内涵不是更丰富了吗？昨天，当我写到伟大的弗洛伊德，我本想写奥地利的犹太人，结果写成了"秋天的犹太人"。这种滑移简直太神秘了。有时，滑移能产生诗。如下面这首，是我在读累了的时候，把"北极星"读成了"龙虾"。

职责是他的北极星（一首歌）

> 职责是我的龙虾，我的龙虾就是她，
>
> 当我与我的龙虾一块儿散步
>
> 我快乐而幸福。
>
> 有一天我和龙虾闹了别扭
>
> 我们啥都不做
>
> 只是狂呼大吵快乐吧，快乐吧，哈利路亚，喝着
>
> 滚滚的香槟
>
> 为了我和我心爱的龙虾
>
> 又成了朋友。高兴吧，高兴吧，举起香槟干杯吧，
>
> 我和我的龙虾和解啦

但有时，因为累而产生的滑移则古怪得有点过了头。有个夜晚，我乘夜巴士回家。望着双层巴士顶层黑漆漆的窗子上反射出的外面世界的映象，我觉得自己

似乎要永远迷失在这个映象世界中的旋转的街里。令人恐惧的街角，一下子就到了头儿的街道。我将迷失，并将永远回不了家。

一个人极度紧张，觉得内疚，意气消沉，心绪恶劣，就绝望起来。此刻为了寻求安慰，死这个伟大的想法就会来给人以鼓舞安慰。不管这人似乎多么弱小，多么微不足道，也不管在学校里怎样被称之为"可怜的家伙"，死都在人指挥之中。这是个极其令人鼓舞的想法，也令人骄傲。记得有一次，我觉得太累了，写不杰出的诗了，我就翻译狄多与埃涅阿斯告别这段诗。我在这首诗的最后两行加进了点东西，它们不是维吉尔的诗里原有的，而表达了指挥伟大的萨那托斯神的骄傲思想（你还记得她在用剑刺死自己）。结果，诗成为那样：

"来吧，死亡，你明白呼唤你时你必须来，虽然你是神，到这儿，这儿，我呼唤你。"

是的，对累得要命的人，想到死在听他的指挥，是个很大的安慰。的确，如果一个人时时刻刻觉得疲累不堪，我不明白人们怎么能接受基督教，它是那样无所不包，井井有条，与永恒的报答与惩罚贴切地紧密地联在一起，沉重不堪地运行。（它也太深地刻上我们人性的记号了，包括人性中向上爬，压制他人并威胁他人的不可忍受的欲望。）不，绝对不会，基督教绝对不会让我们有指挥死亡的美好想法。在这点上它与大自然老母亲合作。自然是个心计恶劣、"不惜一切代价地生产"的斯达汉诺夫式的家伙。但是，你知道，人需要死亡的想法，需要某种广大和未知的东西，需要让人可以伸展肢体休息的东西。特别是累的时候，人需要这种想法，但或许，人需要的仅仅是摆脱感官的世界，永远地摆脱各种各样的意识。

深受这类坚忍勇敢的思想感染，我常常努力振作，也不知别人是否像我一样认为死亡如此令人快乐。但是，振作起来不是件容易的事。有时，还会令人产生误解。误解也许至关紧要，犹如下面这首诗中我所写的这个可怜的被淹死的家伙。他的朋友们以为他在向他们招手。实际上他是在喊救命。

不是在挥手而是在淹死

没有任何人听到他，那淹死的人

他仍在呻吟：

我比你们想的走得更远，

　　我不是在挥手，而是在淹死可怜的家伙，他总是爱闹着玩

　　现在闹也漏子了

　　他的心肯定是因为水太冷而挺不住了。

　　他们都说。啊，不不不，水永远太冷

　　（死者仍在呻吟：）

　　我整个一生都走得太远

　　我不是在挥手，而是在淹死。

　　当然，累还有另一番事可干：（这件事永远受到欢迎。）就是为不写东西作借口。人拥抱自己的无能，栽培自己的无能，成为——像我在下一首诗中写的那个不幸的家伙，一个叛离健康，走向疾病的家伙。这个不幸的人就是写作者。现在，他躺在医院的病床上，让缪斯到别处晃荡。

叛离者

世界向我压来，我惯常对它保持远远的距离，

眼下我已被压倒，落在医生们的手中。

他们说实际上我并未被压倒。一切只是个想象。

但他们都承认，我得躺在床上接受观察。

我必须说这里很舒服，护士的手很妙，

每天早上医生来，用柳叶刀割开我患结核的腺体。

他说他根本没做过这种事，但我自己另有感觉，

而且，这种感觉究竟如何，如你不介意，我将秘而不宣。

我的朋友，如果你称它为朋友，已弃我而去。他说我是投向疾病的叛离者。

我应该再三思索的事统统都已溜走。我的财富亦如此。

自命不凡的蠢驴，对付他犯不着花力气，

我将决不再与这家伙说话。

也许，尽管泪水涟涟，但继续奋斗会更好一些。即使这样做意味着把希望放

在未来。在未来生活中，人们也许会发现（或不会发现）自己更生气勃勃一些。如下所说：

因为软弱而渴望死亡

> 啊，我真愿自己是个四处飞翔的可靠的精灵，
>
> 从事合适的活动，不再被软弱束缚。
>
> 啊，谁不愿离开肉身而成为可靠的精灵，
>
> 可以到很远的地方旅行，成就丰功伟业。

这样的诗真能使人高兴起来。

累的种种愉悦优雅得如同累的种种痛苦。例如，伴随疲累的孤独。对诗人而言，这种悲伤之情是多么丰富啊！

爱我吧!

爱我吧，爱我吧，我向岩石和树木哭叫。

爱我吧，它们也哭着，但仅仅是为开玩笑。

有一次我向人们哭喊爱我吧。他们逃得无踪无影犹如一场梦。

当我向朋友哭喊爱我吧，她开始尖声叫个不停。

噢，为什么他们离开了我，美丽的人们，只有岩石存留，

它喊爱我吧，如同我哭喊，爱我吧，再爱我一次吧。岩石上盘踞着一条晒太阳的海蛇，

它的狠毒的眼睛紧紧地闭着，

我怕它会睁开眼，口吐恶语，令我惶然。

我怕岩石将叨唠不停，而我的"爱我吧"将永不被听见。

而且，如果一个人觉得孤独，他也常常觉得自己优越于他人。他与众不同，是不是？……（在高处，在顶楼上，坐着格劳夫特，他是个软蛋……没准儿这是别人的观点。我们的观点可不是这样。）瞧，有个女演员，一位人到中年的女演员。看看她吧。她在走钢丝呢。泪水淌过她的双颊。她头戴着王冠，举着一根闪闪发光的木棍。她敢肯定她比别人强，并希望别人也能看到这点。但让我说，她却显得相当糟。

女演员

我不说我喜欢这种演出但报酬优厚。

在这个木头的世界中我怎样地哭泣和煎熬，啊！

在城市中渴求美丽的景色

我在绿色的舞台布景中挣面包。

我有诗人的头脑，虽然外表不扬

我内心的东西却比谁都强。

但这种优越感是件薄薄的外套。它滑落下来，人们可以看到里面的寂寞，那应被唾弃与诅咒的寂寞。战争时期，我想，这下那些寂寞的人变得快乐一些了。我自己讨厌寂寞。

失败了的精神

对那些孤独的人

战争来临，允诺一时的解救，

做出迄今为止似乎最成功的努力

攻击永远孤独的失败了的精神的堡垒

伪造的失败了的精神啊，金刚石般坚硬，

播种吧，精神，在你岩石累累的牧场上播种吧。

但严肃地说，你知道——本篇原是严肃文章，是从医生的候诊室里来的"心之声"——这种累，当它以"指挥死亡"的想法为支持时，是极其危险的。它使被这种想法击中的写作者陷于绝对的无能的沉寂，这时，任何思想都没有了，任何字句也找不出来了。一位法国诗人写道："在那些阴暗的时刻，'决不'就是'永远'"，这些时刻是很危险的。特别是随着岁月的逝去，就更为危险。有的人活了一辈子，对生活没有伟大的感受，虽然能欣赏大自然的美丽，欣赏动物的美，但欣赏可能会如刀子一样锐利，也如刀一样致命，因为他觉得好像与万物隔离。生命将对此报复。……"你不玩吗？好吧，你不必。"此刻，这个写作者所能做的就是交出生命。对他来说，生命如此阴影重重，无足轻重，只能奉献给这个神或那个神，让他把生命咀嚼光，把生命榨出汁来。

神这食者

有个神我不信仰他

虽然我对他倾注了全部的爱，

这个我不信仰的神是

我整个的生活，我的生命，我是他的。我用我所有的欢乐与痛苦

（噢，痛苦，辛辣的痛苦，及男人们的鄙视）

喂养这个神

好像他是我全部的生命，我是他的。我死后我希望他能吃掉

我曾有和没有的一切，

咀嚼，吞吃，长肥，

把我的生命吃光，就如同那生命属于他。

记得一天，我读《失乐园》第十卷，弥尔顿让夏娃说出了一个令人惊异的生命的观点。夏娃实际上说："（他们刚被逐出伊甸园）如果我们的子裔注定要终生受苦受难，而永恒的煎熬又会伴随来生，没有孩子岂不是更好？"把夏娃的态度（或不如说是弥尔顿的态度，但当然，他迅速地控制了自己，从异端的泥沼中拔出了自己纤细的脚趾）与《尊主颂》的热忱的作者圣母玛利亚的勇敢词句："fiatmihi"比较一下，很有趣。就此，我写了一首诗：

比较之梦——《失乐园》第十卷读后

两位女士在柔软的青草中漫步

在大海旁的一条河的河岸上

一位是玛利亚，一位是夏娃

她们富有哲学味儿地谈着话"成为无吧，"夏娃说道："使

意识休止，再无

更多的印象跃动于

各种经验中。""有怎能设想无呢？"玛利亚发话，

"你的哲学上哪儿去啦？"

"通过出生之门一涌而回。"夏娃哭答。

"你出生前在哪儿？"玛利亚笑道："我爱生命，

我要为它而战斗。

你说这是感情吗？我将为它

找到理由。"她们沿着港湾走去，

夏娃和玛利亚圣母，

她们谈着直到夜幕降下，

二者的区别依旧显著。

好吧，这就是区别，一个长期累得说不出的人和一个并非如此的人之间的区别就是这么明显。而且，似乎任何人也无能为此做些什么。我这样说是针对那些从事医疗的人。对你的疲惫的病人温和些吧，别责骂他们，因为负疚之情与累接踵而至，告别之意也随后而来，还有离去之念，不惜代价地离去的念头。如果你使你的病人觉得他是个犯了罪的人，或是个失败者（一位医生对我说过，"你整个的生活是一场失败"），他就会产生我下面写的那个小孩的危险的想法。这个孩子穿着法兰绒睡衣，站在床旁，对自己念着下面两行诗：

如果我躺到我的床上我必须在这里，

但如果我躺在坟墓中我就可能在别处。

（沈睿 译）

哈比卜·布尔吉巴

哈比卜·布尔吉巴（1903—2000），突尼斯政治家，独立后第一任总统。
生于蒙斯提尔。从青年时代起就开始投入争取祖国从法殖民主义统治下解放出来的斗争。
布尔吉巴写作和演说水平都相当高。
他的《布尔吉巴回忆录》记述了自己大半生的奋斗历程，也将个人家世和青少年时代难忘的
往事娓娓道来，让读者能够透过"政治"的帷幕，看到一个像普通人一样生活过来的人，他
的喜怒哀乐和酸甜苦辣。

※ 我的母亲

在我一生中，对我影响最大，直到今天还在起作用的重要事件，就是1913年
我母亲的去世。

母亲在世时，经常为我的前途操心，她对我的境况和我的前途花费了不少精
力和时间。

母亲不到四十岁就去世了。由于早婚和多病，使她的健康状况每况愈下。当

然，在我母亲那个时代，女孩子在少年时代就结婚已成习俗。另外，母亲每天忙于哺育她八个儿女和操持繁重的家务，如磨面、做饭、纺线、织毛衣、洗衣服和绣花等活计，这些没完没了的累人活儿，使她在短短的几年里身体便垮下去了。

我上小学时，母亲到突尼斯城来过几次，她每次来总是说四肢关节疼痛难忍。那时候，人们把这种关节炎叫做"神经病"。不过幸运的是，1913年，我领到了小学毕业证书，母亲对此颇为高兴。因为这样一来，我有资格继续上中学。我领到毕业证书的一两个星期之后，在所有合格的小学毕业生中间，就选取萨迪基学校住校生一事发生了一场辩论。我也参加了这场争论，结果被接收为住宿生。当时校方保证负担住宿生的食品、茶水、衣服和每半个月一次的洗澡费。学习期限为六年。

在当时，具有这个学校的毕业证书是非常重要的。因为，凭这张文凭，就可找到翻译工作。

这是由于那时的保护制当局缺少翻译的缘故。

我记得，在母亲得知我被选为住宿生时，她欣慰地说："今天，我对这孩子算是放心了，因为萨迪基学校成了他的'母亲'，承担对他六年的教育和提供衣食，他已走上了他的兄姊们所走的道路。他将成为一名翻译，通过自己的劳动来养活自己。"

1913年10月，我回到突尼斯城，升入中学一年级。有一天，这可能是11月第一个星期的一天，校总监走进教室叫我出来。他告诉我，母亲去世了，批准我回家奔丧。

回到莫纳斯提尔，一跨进家门，屋里屋外哽咽的哭泣声和号啕声便包围了我，母亲的遗体停放在那间简陋的外屋，上面遮盖着白布。父亲走过来哀悯地对我说："去，快吻一下你的妈妈吧！"当我将嘴贴在母亲前额上时，才觉得我是在接触一具僵冷的躯体。母亲的头已蒙上了一条绿色的丝头巾。根据母亲生前的愿望，决定把她埋葬在善良的圣徒西迪·本·阿里墓旁。入葬时，掘墓人发现她头上蒙着的那条绿色头巾仍没有变样。

这是一件很重要的事件，它深深地震撼了我的心灵。从此以后，我的身心一直受着这一事件的影响。就是在最近的几年里，每当我去祭扫布尔吉巴家的墓地时，总要恭敬地立在母亲坟前，痛哭得像小孩一样全身发抖。今天，我已经度过了我一生中的第七十五个年头，在这些岁月中，我经受过各种惊涛骇浪，遭遇了许多灾难。在劳鲍夫堡我熬过了我的流放生活；我曾面对过法国审判官道吉朗·杜凯勒的审判；我也遇到过同志们同我闹翻了脸，在法庭上作证反对我。至于果佐岛和马耳他岛，也是我熟悉的地方。在那里我也度过了不短时间的流放生活。面对这一切，我没流过一滴泪，我的心一直坚如钢铁。任何暴风雨般的袭击都没能改变我的意志，甚至一直坚强不屈。因为，自从投身到斗争的怀抱以后，我就决心牺牲自己，并毫不畏惧地接受死神的挑战。但在我一生中，却一直在怀念我的母亲。所以，每当我战胜四面刮起的场场风暴，站在母亲坟前时，就心如刀绞，不禁热泪滚滚。母亲一生吃过很多苦，遭受过严酷的精神折磨。当她还是个吃奶的婴儿时，外公艾哈迈德·哈夫沙曾因一件不足挂齿的小事，同我外婆赫杜澈·马扎利离了婚。那时候，丈夫休妻是很容易的事。

一次，外公发现饭是凉的，便发誓要把外婆休掉。其实饭不热并不是外婆的过错，而是外公的兄弟媳妇搞之的鬼。外公不明真相，他一怒之下履行了他的誓言，把外婆休掉，另寻新欢了。外婆无奈只好带着我母亲搬到娘家马扎利家去了。

外婆被休以后，坚持不再结婚。她在娘家从未间断对她闺女的培养和教育。当母亲长到十五六岁时，父亲向她求婚，随后俩人结了婚。母亲出嫁后，外婆仍然坚持同她闺女住在一起，帮助操持家务。她同我们一块生活，爱护和同情我们。她发现父亲的经济状况不佳，就毫不犹豫地变卖掉她的家产，把钱全部交给我父亲用。所以，我那时总是亲昵地叫她"亲爱的姥姥"。

外婆有一位姐姐叫阿尤莎·马扎利，住在我家对面的那座房子里。她同阿卜杜勒·阿齐兹·阿尔维的父亲穆罕默德·阿尔维结了婚。

外婆还有一个女儿，名叫法图迈，她去世很早。这位姨妈的早逝，是外婆遇到的最大灾祸。

姨妈死后，外婆很少待在家里，她几乎每天都要出去看她女儿的坟，出门时，她总是对人讲："我到法图迈那儿去。"真的，姨妈去世四五年后，死神又夺去了外婆的生命。

　　我们同外公不相往来，但有一次例外，一天，我和父亲经过位于今天的独立广场附近的一个咖啡馆时，看见一个脸色微红、威严、庄重的老头，正坐在里边吃着什么。父亲对我说："去，向你外公问好！"我走进去，向这位老人问安。

　　1913年母亲的去世是一桩最重要的事件。

斯密特

奥古斯托·弗雷德里科·斯密特（1906—），巴西散文作家、诗人。
作品有诗集《巴西人之歌》，散文集《白公鸡》等。

※ 上帝睡着了

两个女儿都上了床。吉尔达五岁，安娜·玛丽娅三岁。两张小床紧挨着。已经到了睡觉时间，可是她们还想说点什么，想把白天遇到的新鲜事讲给对方听听。

吉尔达："妹妹，睡吧。上帝已经躺下了。"

安娜·玛丽娅："他不在床上睡，在天上睡。"

吉尔达："不对！他在十字架上睡！"

小姑娘们说完了，随后便轻轻潜入凉爽的夜晚，像两条无忧无虑的小鱼游进平静的海水。她们刚刚来到这纷纭繁杂的世界，尚不了解随时可能遇到危险，不知道饿狼随时可能窜到跟前。

我弄不清她们是不是做梦。她们也许正在异乡漫游，也许正在观赏自己的渊源，重新看到了出生以前的她们。是啊，随着年龄的增长，随着心的变恶，我们都忘记了童稚时期的纯真，而她们却与之近在咫尺。玩耍一天之后，她们累了，踏踏实实地睡着了，暂时投进死神的怀抱。两个小生灵睡得多么香甜……多么坦然……不了解她们的同类，不担心四伏的危险和遍布的陷阱。在她们看来，每一天都过得欢天喜地。虽然也开始意识到善与恶，难免有点不快或者缺憾，但这远不能跟成人的义务和痛苦相比。

她们睡着了吗？只消看看她们睡觉的样子，人们就会发现，世上万事如意，节奏一成不变，人人无病无灾，到处充满和谐与宁静；只消听听她们匀称的呼吸，看到她们偶尔在小床上翻个身，人们就会毫不怀疑，她们感到自身安全，相信明天早晨醒来一切都会如常照旧：亲人们的面容、玩具的位置和即将开始的新的一天——这一天自然充满新意。

然而，谁要是听到她们合上眼之前这番关于上帝睡着了的交谈，一定会睡意全消，一连几小时辗转反侧，心潮难平。成年了失去了心灵的纯真，被纷乱的人生压得喘不过气来，所以难以把灵魂暂时交到死神手中。他听到了孩子们关于床上、天上还是十字架上的争论，知道她们在这一点上完全一致："上帝睡着了"。至于上帝究竟在哪里，两个小姑娘弄不清楚，但她们毫不犹豫地肯定，上帝睡着了，没有守夜，让世人自行其是。

成年人就寝了。孩子们的看法和他的怀疑不谋而合。自从感到人世间的孤独之后，他就开始产生这种怀疑。

很久以前，成年人就因为没有勇气否定万能的上帝的存在而开始思考：上帝似乎睡着了。看看周围发生的一切吧：人类铤而走险到了触目惊心的地步，相互间冷酷和仇恨使坦诚的人际关系荡然无存。如果上帝没有睡着，他绝不会袖手旁观，默不作声。

上帝大概真的睡着了，大概真的沉入了梦乡，任凭万物互相残害——自己遭受苦难，也为同类制造苦难。

那么天真无邪："上帝在十字架上睡着了。"成年人早已意识到这一点，所以听到这句话从孩子们嘴里说出来以后，都大吃一惊。如果上帝没有睡着，那么我们眼前的一切就太荒唐了：人们互不谅解，为非作歹者层出不穷。现代世界罪恶的奥秘就在于造物主进入了梦乡——两个孩子的话道出了真谛，足以让彻夜不眠的人们惴惴不安，久久思索。

成年人反复琢磨如何解释世界残酷的现实，而两个女孩却安然沉睡，睡梦中张开白色的翅膀，迎着时间之风飞翔，朝着她们出生的纯洁的渊源飞翔。

（范维信 译）

巴克莱

威廉·巴克莱（1907—1978），英国爱尔兰著名圣经注释学家、希腊文专家，自幼患有耳疾。巴克莱一生创作了60多部关于《新约》的作品，其中《每日读经》深受读者喜爱，销售量达300万册，而《圣经注释》在美国的销售量则高达5000万本。他的作品平易自然、深入浅出，具有浓厚的人文关怀思想。

※ 幸福

幸福的生活有三个不可缺的因素：

一是有希望。

二是有事做。

三是能爱人。

有希望——

亚历山大大帝有一次大送礼物，表示他的慷慨。他给了甲一大笔钱，给了乙一个省份，给了丙一个高官。他的朋友听到这件事后，对他说："你要是一直这样做下去，你自己会一贫如洗。"

亚历山大回答说："我哪会一贫如洗，我为我自己留下的是一份最伟大的礼物。我所留下的是我的希望。"

一个人要是只生活在回忆中，却失去了希望，他的生命已经开始终结。回忆不能鼓舞我们有力地生活下去，回忆只能让我们逃避，好像囚犯逃出监狱。

有事做——

一个英国老妇人，在她重病自知时日无多的时候，写下了如下的诗句：

现在别怜悯我，永远也不要怜悯我；

我将不再工作，永远永远不再工作。

很多人都有过失业或者没有事做的时候，这时他就会觉得日子过得很慢，生活十分空虚。有过这种经验的人都会知道，有事做不是不幸，而是一种幸福。

能爱人——

诗人白朗宁曾写道："他望了她一眼，她对他回眸一笑，生命突然苏醒。"

生命中有了爱，我们就会变得谦卑、有生气，新的希望油然而生，仿佛有千百件事等着我们去完成。有了爱，生命就有了春天，世界也变得万紫千红。

最完美的祷告，应该是："主啊，求你让我有力量去帮助别人。"

※ 最简单的最好

我从饮食方面学到人生的一门功课。原来我们最怀念的东西，也是最简单的东西。

家就是一个例子。

清早离家没有人说"再见"，晚上回家没有人欢迎，那种冷冰冰的生活是无法忍受的。

最坏的家，只要有爱在其中，都好过管理得最完善的公共机构。我绝无意贬低公共机构的价值，可是公共机构绝不能代替家。

家的确十分甜蜜。

朋友也是如此。

我常常喜欢引用一位希腊人所说的话，他和苏格拉底以及当时伟大的学者非常接近。有天，人家问他，什么是他最感谢上主的事。他回答说："像我这样的人，能有这么多朋友，是我最心存感恩的事。"

工作也是如此。

工作的重要超乎一切。每逢忧伤的日子，生活孤单的时候，工作是最大的安慰。

约翰卫斯理最有名的一句祷词是："求主别让一个人生而无用。"失掉了所爱的人，失去了朋友，都是伤心的事；失去了要做的工作，更是大悲剧。

让我们为这些简单的事物感谢天父。

感谢天父给了我们家和亲爱的人。

感谢天父给了我们朋友。

尤其要感谢天父的，是他给了我们工作，也给了我们身体的力量、技能和智力，让我们去完成这些工作。

井上靖

井上靖（1907—1991），日本著名作家，小说家，
主要作品有《冰壁》《夏草冬涛》《化石》《天平之甍》等。

※ 父亲

　　母亲死于1973年，而父亲是1959年、我五十二岁时辞世的。那时候我最忙，
正在写作《敦煌》《洪水》和《苍狼》等小说。

　　关于母亲，我写过《花下》《月光》和《雪面》三篇作品。写完这些，我感
到彼此再没有可说的话了。然而关于父亲，我未曾写过一行文字。

　　为父亲举行葬礼那天晚上，在故乡老家的楼上，我写了一个短篇《风》，是

记叙同父亲的一段对话的。虽说对话，对方已成为死者，只是我一个人在说话。父亲的回答由我代替。只能采取这样的形式了。

现将《风》的一部分抄录如下：

我在这座房子里同父亲说了一会儿话。因为父亲不在，必须由我一个人担当父亲和我两个角色。奇怪的是，居然很顺利地有了这样的会话。

——"安息啦，安息啦。"大伙儿都这么说呢。——八十一岁的人啦，也只好任人这么说。依我自己看，也不一定是这样。

——是的。尽管如此，今天大家离开墓地回来后，您觉得很孤独吧？

——哎，是啊。大伙儿都回去了，剩下我一个时，我很吃惊。我想发脾气；怎么好把我一人留在这里？但终于没有发。活着的时候，我就很少发牢骚。

——可不是吗，我仿佛听到了您的声音。

——那是你的耳朵有问题。

——寂寞吗，一个人？

——要说寂寞，该是留下我一个的你们啊。

——也许是这样。土葬我本来就不赞成，总感到很冷，到家后老觉着把您落在这里了。

——因为确实把我留下了，才会有这样的心情吧。所以，过去都在村边野外举行告别式热热闹闹的，就是为了驱除这种寂寞啊！

——您说得很对。不热闹怎么受得了？如今在这里虽然谈不上什么热闹，倒也相差不大。

——好啦，让我休息吧，就到这儿，我要安静了，再不想和你说话了。我想进入永恒的休息。

——父亲，最终您不是正希望如此吗？您活得够累的了，您很早以前就想休息，不是吗？

——是的，你说得对。我生前你未曾向我提起过这事儿。

——我不能说呀。与其说不能，倒是您不让我说呀。

——即便不让说，也是互相的。但并非互相不让说才不说，的确不能呀。对于结局，你我都一无所知。不是吗？我早说过，我活了八十年了，有乐也有悲，你一点儿也不知道。

——是的，作为小孩子，父亲的幸福与不幸，和我毫无关系，这样怎么行啊？

——其实也没有必要这样神秘。对于你，我也是一无所知。

——如今已经迟了。父亲活着的时候，就应该进行这样一次对话啊。

——那怎么成？没有这样的对话就告别而去，这才叫父子亲情嘛！

——不过，现在可以说您已经去世了吧？有什么事您就说吧。难道没有话留给我吗？

——没有。如果硬说有，倒也有一件。你老觉得自己还年轻，是吗？我死了，下边就该轮到你了。我过去是一堵墙，挡着你，叫你看不到死亡。如今我没有了，你再也不能认为你的父亲仍然活着了。

——我感觉到了。眼前一片明净，我和死亡之海风云相通呢。

——母亲也遮挡着你的半面。父母只能起到这种作用。如今死后才明白这样的道理。其他，我没有为你做过任何事。在这一点上，你也一样。你为你的孩子们充当的只是某个时期的一堵墙。你庇护着不让他们看到死亡之海。仅此而已。

我无休止地继续着同父亲的对话。父亲生前，我从未同他有过任何的对话。现在要补上这一课。在我心中，同父亲进行一番这样的对话，可以说是自然而然的事。

如果说父亲和我作为一对父子，确实有过这种对话，那也许就在这样的夜晚吧。父亲消失了，从遥远的地方传来了热热闹闹的声响。这声响伴着奇怪的静谧和喧嚣。这种热闹一旦低弱下来，随即听到了风的声音。

——听见风声了没有？

我问。这时已经听不到父亲的声息了。

我之所以没有写父亲，是因为写起来太难了。父亲做了军医后，又很快退出了陆军，不到五十，就归隐伊豆乡里，直到八十一岁去世，未曾看过一个病人。连村子都很少出，整天在田里劳动。

父亲没有丝毫的自我表现，默默度过了八十年的岁月。作为他的儿子，又是作家，理应成为父亲的代言人。我之所以没有执笔，是因为写父亲实在太难了。

写父亲就是站在孩子的立场上写出父亲这个人来。在父与子之间，有个确定二人关系的特殊的空间。没有设定这一空间，就无法写好。而设定这种特殊的空间是困难的。可以说，这既是一个非常巩固的空间，又是个极易打碎的空间。一不小心，这个空间就会消失，父与子的关系也就变成单纯的一个人同另一个人的关系了。就是说，父亲是父亲，儿子是儿子，这种关系很难处理得好。

然而，在一生中，父亲是父亲，儿子是儿子，这种关系总该有好几回吧。要写好父亲，只能站在儿子的立场上，这是个很大的难题。

还是战争时代的事。回乡务农的父亲，有一天忽然接到陆军部的信。原来当地新建成了一家陆军医院，信中想请父亲担任院长一职。这事是我从妹妹的来信中知道的。战时每天都过着艰苦的生活，我想父亲准会答应的。这样一来，父母亲那种黯淡的生活，在物质和精神两方面，多少可以增添些亮色。

我向供职的大阪新闻社请了两三天假，回到故乡的山村。但是，在家中待了两天，看到父亲穿着劳动服到屋后田里干活的身影，本来在大阪想好的话，此时面对父亲再也说不出口了。

他那清瘦的背影，具有使你有口难言的抑制力。

结束了毫无意义的探亲假，第三天早晨，我离开了故乡的老家。当时，我到屋后向父亲辞别，站在田里的父亲向我走近几步，简短地对我讲了讲他种的蔬菜以及他的孙女——我的小女儿的事。我说："我走啦！"父亲说："好，路上当心。"说罢，脸上露出凄然的微笑。父亲应该明白我此次回乡的目的，可他一字也未提及。

单凭这一点，每想起父亲，我总是记得那时候的他来。我想，那时候的父亲才是我的父亲，我才是父亲的儿子。至少在那时候，我们两个之间确确实实存在着确定父子关系的空间。

父亲是养子，死时没有耗费养父家一件东西，也没有增添一件东西。这正是作为父亲的他的长处。

罗斯滕

利奥·罗斯滕（1908—1997），美国政论家、幽默作家。
主要作品有《华盛顿的记者》《海曼—尤普兰的教育》等。

※ 父亲

安葬父亲后不久，对父亲的回忆——他的每一次大笑，每一声叹息，都像难以预测的涓涓细流时时在我的脑中流过。父亲为人坦率，没有一丝虚假或伪善。他的情趣纯真无邪，他的愿望极易满足。他从不将自己的意志强加于别人，他对闲言碎语深恶痛绝，从不知道什么叫怨恨或妒忌。我很少听到过他有什么抱怨，从未听到过他亵渎别人的话。在过去的五十年里，我记不得他讲过低俗或恶意的想法。

父亲很爱我母亲，对她总是体贴入微，并常为有这样一位美貌贤惠的妻子感到自豪。步入晚年后，他起床后的第一件工作便是煮咖啡（他煮得一手好咖啡），然后一边看报，一边呷着咖啡，等着母亲前来与他共享"少时夫妻老来伴"的欢乐。

我不知道还有谁比他更喜欢看报纸。他看起报纸来总是津津有味，即使一条新闻也细细品尝。在他看来，晨报重现着每日生活的新意，是奇迹与愚行的舞台。

父亲是个天才的"故事大王"，常以逗别人大笑为乐。他总是将自己刚听到的最新笑话或故事讲给大家听。当我年幼时，他常用一些幽默故事和哑剧逗我。我或鼓着腮帮，或滴溜着眼珠，或模仿着一种走路姿势。他可以在你面前活灵活现地装扮出一个人物来。

他还常用诙谐的幽默引得我们捧腹大笑。有时他兴致勃勃地问：

"你们猜今早我见到谁了？"

"谁？"

"邮递员。"

或者他伸出食指问："你们知道为什么伍德罗·威尔逊不会用这根指头写字吗？"

"不知道。为什么？"

"因为这是我的指头。"

这些事听起来很荒唐，是吗？不过你或许根本无法想象它给我带来的乐趣。然而在绞尽脑汁取乐一个小孩子的同时，父亲自己也感受到人世间的天伦之乐。

在我做了爸爸后，父亲又开始给他的孙子们讲他那幽默可笑的故事。"唉，"他常叹道，"当我跟你们一般年纪时，我可以将手举这么高（他将手举过头顶），可是现在只能举到这儿（他又将手举到肩膀那么高）。"

这时，孩子们总是皱眉挠头，绞尽脑汁寻想这是怎么回事。

"啊，是呀，"见孩子们仍在云里雾里，他又说："我过去能举这么高，可现在却不行了……"

旋即，孩子们异口同声尖叫地起来："爷爷，可是您刚才还能举那么高呢！"

此时他便开心地大笑起来，要么拉过来在脸上猛吻，要么高高举过头顶，同时还夸奖说："喔唷，这些精灵鬼！"

幽默风趣是父亲的天性。来芝加哥定居后不久，他就去参加一所为外国人举办的夜校。老师问他："你可以就名词举一个例子吗？"

"门。"父亲回答说。

"很好。那么，请再举一例。"

"另一扇门。"他说。

父亲喜欢唱歌，并且唱得很不错，不过他的鼾声也如响雷。父亲打鼾，姐姐说呓语，整个屋子里彻夜不得安宁。

父母对我的学习成绩很是满意。很小时，我就懂得拿上一本书就可以逃避干家务活。瞥见我看书时，他总是拍着我的脑袋瓜说："很好，你在往这儿积累知识！"他常对人类大脑所创造的奇迹赞叹不已。

在我十一岁时，父亲开始教我下棋。六七个月后，当我第一次赢了他时，他高兴地直拍手，见人就讲，逢人便说。

他热爱这个国家，视美国为一块宝地。

父亲过去曾是波兰一家纺织工厂的织袜工。定居美国后，他又织运动衫。二十多岁时，他只身一人来到美国，后来才将我和母亲接了过去。在芝加哥，父亲每周要在一台笨重的织机上工作六十多小时。

他得在黎明前起床，在滴水成冰的季节，要乘一个多小时的车，八点前赶到工厂。下班回家后，他匆匆吃过晚饭，又在家里那台半旧不新的织机上工作。母亲决意开办一个"家庭工厂"，以解脱老板的摆布。

父亲从没什么野心。母亲则永不知足，精力充沛，富于心计。他俩干起活来如同一个小组：母亲负责设计、剪裁（她小时候在一家纺织厂干过），然后经销帽子、围巾等。父亲除了开机编织外，还搞采购。

后来，他俩雇了帮工，在离我家还有一段距离的地方开了个铺子。父亲是店主兼制造商，母亲站柜台。两人都是激进的工会会员，这种由工人一跃成为"老板"的地位变化使他们感到无所适从。我怎么也不会忘记父亲曾力劝四位雇员组织一个工会的情景——为提高工资举行罢工！雇员们死活不干，认为他们的报酬已经可观。他们还说："既然你觉得我们应该得到更高的报酬，你给我们增加一些不就得了？"

"噢，那不行，"他立即说，"难道你们还不明白吗？如果只有我给你们增加了工资，那么我就无法和其他制造商竞争了。可是如果芝加哥所有的纺织工人都联合起来，并派一个代表团去要挟所有的制造商，那么我们就不得不增加工资了。"他到底还是说服了他们。

若干年后，当我在大学上经济学课时，这荒谬的一幕总是在我的大脑中闪现。

父亲交友甚广，却很少有知己密友。他十分钦佩自己所不具备的别人的优点：所受教育、分析能力和创造能力。他最崇尚直率的性格。他常情不自禁地赞美某某人："是个了不起的人物，实在了不起！"

父亲对大海有着深厚的感情。在密执安，在加利福尼亚和佛罗里达海滨，他不知度过了多少个美好时光。他不会游泳，因此从不到淹没膝盖的地方去。看着他坐在海边戴着草帽看报纸，就像一个澡盆里嬉水的孩子，实在令人发笑。

丹尼·托马斯曾给我讲述了他父亲——一个身高体壮，妄自尊大的人——是如何去世的。临终前，老人朝天挥动拳头大喊："让死亡滚蛋吧！"

我父亲没能像他那样壮烈地死去。经过了一年的心脏病、咳嗽、肺气肿的折磨后，他身体极度虚弱，最后在氧气帐中悄然离去。每当想到"死亡"二字时，他表现出的不是大发雷霆，而是闷闷不乐。

一次，母亲将他送到南天门医院，他抱怨说他脸上有点发痒。于是我带来了我的电动剃胡刀。在我给他剃胡须时，他问："你为何从纽约一直跑到密执安来了？"

"没有啊，"我撒谎说，"我碰巧来底特律开会，碰上了。"

"是碰上了！"他叹道。接着又笑着说："你可是我这一生中请过的最昂贵的理发师啊！"

出院后，他憔悴难认了。走路得拄拐杖，还须我搀扶。我不禁想起了一句犹太谚语："父亲帮助儿子时，两人都笑了；儿子帮助父亲时，两人都哭了。"

可我俩谁都从没哭过，因为我总是滔滔不绝地谈论自己的工作、妻子、儿女以及工作计划，他对这些向来都是百听不厌。我攒了一肚子听来的新故事——任何能使他暂从病痛中解脱出来的方式都未尝不可。在我讲故事时，他总是面带笑容，装出一副痛苦很快就会消失的样子，装出一副还有大量的时光交谈，还有数以千计的故事要讲的神态。

最后一次我是在芝加哥的一家医院见到他的，当时他被放在氧气帐中，处于昏睡中。我和妻子向他道别，他都没听见。我送他一个飞吻，以为他也没看见，然而他看见了。他点了点头，月满是皱纹、扭曲的脸做着怪相——以前当他说到"别为我担心"或"别等我"时常做这种鬼脸。接着，他费劲地伸出两根手指举到唇边，回报我一个飞吻。

父亲是个和蔼可亲、通情达理的人，我爱他。

父亲去世后我每天都要进行长时间的游泳。我可以在水中尽情痛哭，当两眼通红地从水中出来时，别人还以为是水刺痛了眼睛。我不知道别人是否有过如此思念之情，和我在一起，父亲感到愉快；和父亲在一起，我感到幸福。

父亲活在我的脑海里，他的音容笑貌时时涌进我的记忆。有时，我会情不自禁地脱口喊道："哦，爸爸，您真了不起！"

（许万里 译）

萨罗扬

威廉·萨罗扬（1908—1981），亚美尼亚裔美国作家，出生于加利福尼亚州弗雷诺市。1934年出版第一本短篇小说集。此后共发表作品三十余部，包括短篇小说、戏剧、长篇小说。长篇小说有《人间喜剧》《妈妈，我爱你》等。

大师谈人世

161

※ 书、我的孩子和我

　　每当我写作的时候，我的孩子们总问我在写些什么，我往往回答说："我自己也说不好在写些什么，我只知道写得很不成样子。"他们听了就笑，然后又忧心忡忡，他们倒不是为我，不是为我写的东西担忧，而是为所有的一切，为生活，为真实性，为艺术而担忧。于是，为了安慰他们，我就说："你们不用担忧，这并不稀奇。每个作家，只要他是一个真正的作家，写作时总是觉得写得不好，但他还是一直写下去，因为他心里总会有这种感觉的。直到写完了一篇作品，才结束了由他自己发动、自己挑起的一场角斗。在这场角斗中，他每一个回合都有两三次被摔倒而两肩着地，可是他无论如何也要把这场角斗坚持到底，尽管半死不活地走下角斗场，他还是感到很幸福。当他忘掉了这场角斗，忘掉了写作时的艰辛，然后回过头来再看他写的东西时，他仍然会感到写得很不理想，然而，毕竟有些地方写得还是成功的，即令程度有所不同，但总还是成功的。"

昨天晚上，儿子对我说："等你写完了这本书，假如可以，我想读一读。"

我回答说："当然可以。但是最好还是让我自己先读一下，而且在读以前将这本书搁置一两个月，或许一两年，作家如果不把他所写的东西读一遍，不重新修改一遍，不动一下剪刀，不做大量的删削和少量的增补，一本书就不能算完成。作家最初写出来的东西只是一堆黏土，还要加工，把它塑成一定形状，再固定下来。有很多书值得你去读。我现在说的不是我自己写的东西，尽管我的作品也发表了不少。你可晓得，我现在写的这部新作甚至还算不得小说。这是某种别的什么。"

"可这究竟是什么呢？你把它叫做什么呢？"

"这只不过是一篇文字而已。这是一种尝试，看看能否按照一种既有自由发挥，又有一定形式的特殊程序创造出文学作品来。你大概知道，我早就对这两个对立因素产生兴趣了。我想知道，有没有可能，至少对我来说，写出这两个因素水乳交融的作品。就拿我现在写的这篇迄今尚未定形的东西来说，我已极尽自由发挥的能事，同时我又设法赋予它一定的形式。目前这篇东西还写得不成功，在我没有断定它在多大程度上写得不成功或者没有断定它是否成功（其实这并不重要）之前，我必须将这篇文字放在一边，忘掉它，医好在角斗中留下的创伤，等有一天恢复了元气，再重新把它拿起来，仔细阅读一遍，再斟酌斟酌，只有到那时，我才能知道，我首先给自己写了些什么，其次，给你们——所有对此感觉趣的人写了些什么。

当我准备重新阅读已经写就的文字时，我不再仅仅是现在写这部作品的那个作家，而且还是一个读者——即不仅仅是我自己，而且还是你，是其他人，是每个人，如有可能，我将不在巴黎，而到另一个城市去，不在法国，而到另一个国家去，况且时间也将不同了。在你还很小的时候，我就开始掂量我所写的一切了——因为我是你的父亲，对你却又不甚了解，无论是写你或者写我自己，我都不愿意写出使你感到难堪的文字来。现在，你已长大了，我对你也更了解了，而且我知道你绝不会因为一个人努力表达自己心中所想的而感到难堪，我现在感到自己自由了，并且相信，你不会责难我所写的任何东西。比如，你可能会感到我这本书有些地方似乎写得格调不高，尽管事实可能并非如此。

处世不深的人往往看不起阅历丰富的人，我绝不是想说我阅历丰富，不过说老实话，即使不是在所有方面，那么在某些方面我还是见多识广的。换句话说，一个人如果终生把自己的心灵隐藏在一个僻静的角落，他就很可能会谴责那些没有或者不愿意把自己的心灵也隐藏在这种僻静角落的人。再过两三年，你可能会对此有一个更清楚地了解，而我现在就只管做自己的事，只管写作就是了，如果我写得同以前写的全然不同或者略有不同，我将认为这并不可怕。有各种求全责备的理论，我决不反对理论，但我只是觉得，如果一个人有能力或者有一种不可抑制的愿望要扩大'我'，使这个新'我'以后也趋于完备，那就应该去扩大它。有些优秀作家喜欢待在一个地方不动，我对他们很少出外旅行感到遗憾。

让我们举两三个你熟悉的作家为例吧。比如，查理斯·狄更斯。你是知道的，他创作了十分精彩的描写人生的小说。这些小说的气势磅礴而优美绝伦的风格中，混杂着深沉的几近绝望的悲哀和有时未免过分的欢声笑语。但是他作品中所反映的他二十一岁以后的经历，他的实际经历，有些是我所缺乏的：比如他的很快就变得不美满的婚姻，他同其他女人的浪漫史，他对自己的孩子，以及对自己在小说中描绘的那些孩子的态度，如对《远大前程》中的匹普的态度。再以安东·契诃夫为例。他是将精雅的风格同深刻的忧伤和高度的幽默融为一体的另一位作家。他终生忍受病魔的折磨，尽管他是个医生，却不能战胜自己的病痛。我并不想说，他怨恨人的命运。确切地说，他也像我们大家一样怨恨，但又珍惜人的命运，只不过他也许不如我们那么珍惜或至少是用不同于我们大多数人的方式珍惜。我认为，他还不满十八岁就断定自己快死了，这是确定无疑的。

每个人在死以前，甚至离年满十八岁还很远，就知道自己总要死亡的，只是契诃夫并未设法推迟自己的死亡，推迟这个必然的到来，而只是开始创作他的出色的小说和剧本。他到库页岛去游历，观察那里人们的生活，两次出游法国南方，到过尼斯。如果我没有记错的话，他还到过戛纳，不久前我还曾在戛纳的赌场玩了个痛快。据我所知，他就是在戛纳去世的。我之所以谈到这些，是因为契诃夫没能够或不愿意向我们讲一点点他自己的情况，讲一点点他如何战斗的情况，使我深感遗憾。之所以遗憾是因为他是一个奇特非凡的人，倘若我们能了解他究竟是怎样一个人，他究竟如何度过他生平郁郁寡欢的每一天和每一年以及其他种种情况，我们会受益匪浅的。"

一个作家，早在同未来的妻子初次邂逅之前，当然也就是在同她结婚之前很久，早在初次见到自己的孩子以及此后看到他们整个童年直到他们成熟，或至少是比较成熟之前很久，就已开始同自己的儿子、女儿谈话并开始为他们写作了。

我对儿子说："还有许多其他作家。我指的是最优秀的作家，那些认真写作、善于写作、愿意写作而且曾经写作过的作家。你看，他们决不肯放弃每个作家仅有的几种文学形式，他们总是觉得采用这些形式十分保险，得心应手，因此他们不愿意离开这些形式而进入自由的语言中去，进入那个形式不起任何作用，而且有害无益的境界。他们不把自己对于人的命运所了解的一切告诉我们，而据我们所知，他们是了解这一切的，因此我感到自己被人愚弄了。现在我不愿意再去愚弄别人，正因为这个我现在才写我所写的东西，即没有形式的作品。我想试试看，能否写出自己现在和过去是怎样生活、工作的，写出我如何没有自暴自弃的，我想说的就是这些。"

每天早晨，当我停止打字，从写字台旁站起来的时候，儿子或者女儿就会问："你完成写作量啦？遇到困难没有？写了几页？"

听到我说完成了工作量，没遇到困难，写了六页时，他们就很满意。他们知道，我力争每天写出六页，我做到了，他们就很高兴。每当我写了七页或八页时，他们就显得格外高兴，只是儿子对我那一套理论有点懊丧，按照这套理论我写得很不成样子。我不得不向他解释我这样想的缘故：首先，写出来的东西还远不够完善（这是很自然的），远远不够完善，根本不像是一个年近五十一岁、发表作品二十五年、从事写作长达四十年之久的人所写的东西。我还解释说，任何一个作家在写作时总是觉得自己的文字苍白无力，原因很简单，那就是他知道，如果写得顺手，本来会写得更好的。对于作家来说，要紧的是不灰心丧气，应当了解和听取关于自己作品的正确意见，但同时还要继续前进，有始有终，竭尽全力，因为不这样，就一事无成。一个男人如果结婚，就会有孩子，他无法事先知道孩子将是什么样子，但是他仍然去冒这个风险。作家亦然。他写作，尽管他从来不知道他写出来的东西将是什么样子。不过有一点是肯定的，他写出来的东西与别人写出来的不同，正如他的孩子不会是别人的孩子，而是他和妻子的孩子那样。作家结婚，生儿育女，同时他也开始不断创作和完成新的作品。孩子们一年年长大，写出的作品则依然故我，不过也不尽然，因为读者在不断变换，而任何一本书都是生存在读者中间的，哪怕这本书只有一个读者，而此人就是书的作者本人。文学作品也和孩子一样，是难以预测的。

我的女儿笑着说："那好吧，你就别认我这个女儿好啦。我知道你不太喜欢我，不认就算啦，我不怕！"

你的孩子们同你开着玩笑，他们感到很快乐，这很好。可是你的书在盼望你变化，再来一点小小的，不太大的变化。它们盼望你重读一遍，对它们进一步了解，这样你才会确切地，或者较为确切地了解它们是什么，了解你在过去的年月都写了些什么。

我十六岁时，已经好多次被轰出学校，以至于我决心再也不去上学了。于是我就来到加利福尼亚州圣霍阿金—威利的葡萄园剪修葡萄藤了。有一次突然下起倾盆大雨，在葡萄园劳动的人都提前下工跑掉了。我去弗雷斯诺区的一家书店，到了这家书店专售旧书的后屋，我想花五分或一角钱买些有用的书。我找到一摞旧杂志，都是一些很好的旧杂志，不是什么无聊的刊物。其中有一本（我从前听到过）叫做《表盘》。这种杂志店里只有一本。我向书店的老头儿打听，老头儿说，这是仅有的一本，这本杂志在书店已经摆了一年了，他也记不得它的来历了。我付了一角钱，将杂志揣进怀里骑上自行车，冒着滂沱大雨回家了。雨下个不停，没有地方可去，电影我压根没兴趣，百无聊赖，学是决不再上了，我想当个作家或者干脆什么也不干。我不知道怎样才能当一个作家，也不知道在迫不得已的时候又怎样才能什么也不干，因此我在凉台的圆桌旁坐下来，打开才买来的杂志读起来了。我从头至尾一口气读完了。天哪，他们真能耐！他们怎么写得这么好？字字珠玑，他们织成了一个又一个故事，一首又一首诗歌，一篇又一篇散文，而我一个十六岁的傻瓜，在他们面前并不是一个大作家，而是一个不够格的读者。但是，这也无所谓。做一名读者总比什么都不做好嘛，特别是当你读到像此刻这样好的作品时，虽则我知道自己永远也写不了这样好。这些人会写，我不会写，我想我永远也不会写。尽管我不会写，只要写的东西编辑和出版商肯出版就成。我并不认为这是根本不可能的，虽然我也不完全有把握。我当时对什么都缺乏信心，任何一个作家在十六岁的年纪都不会满怀信心的。但是我不能像这些作者写得这样好，这一点我是清楚的，因为（显而易见）他们为此下了很大的功夫。要想象他们那样写作，首先要成为像他们那样的人。但怎样才能做到这一点呢？这对我来说是可望不可及的。在这以前，除了一两个人的名字外，我对他们一无所知，但此刻他们宛如浮现在我面前，我觉得他们都像作家，而我自己（这一点我很清楚）压根不像作家。他们有知识，我却没有。当然，我并不愚笨，至少我这样认为：否则又怎么解释我竟然在世界人面前，包括在这些作家面前还自以为是呢？一方面，他们的作品使我钦佩，另一方面他们的知识又使我妒忌。他们对其他作家，对各个文学时期了如指掌，他们懂得那么多，他们有关于某某作家的创作、如何开创文学创作新流派等方面理论的广博知识！而我在这些方面有些什么知识呢？倘若不算我心爱的一本旧日历中所刊印的二三百个名人的名言，我几乎一无所有。当我快读完这本杂志时，其中有四五页竟使我读了之后高兴得手舞足蹈起来。这篇文章摘自《世界历史的传说》———部未完成的巨著。作家的名字叫乔·高尔德。啊，这位作家居然不把自己叫做约瑟夫，而叫做乔，就使人不由得要想一想：真有意思，他这是想讨好谁呢？在开始读乔·高尔德写的作品之前，我还以为，他准是一个江湖骗子，差一点想跳过这几页。后来我才发现这几页可不能跳过。我一边读着，一边跺脚：朴实无华，明白流畅，真实生动——这是一篇由各种不同人物的谈话构成的文章。

他们并不是满口豪言壮语的大人物，而是一些语不惊人的芸芸众生。

第二天早晨我又来到葡萄园，这时我开始谛听工人彼此之间以及他们对我说的普普通通的谈话。我已经有了信心，乔·高尔德给了我一些教益：倾听并从中汲取滋养。从那时起我就学会了倾听。

（陈行慧译）

乌尔法特

古帕恰·乌尔法特（1909—1978），阿富汗著名作家和诗人。
主要作品有《诗选》《散文选》《崇高的思想》等。

※ 两个农夫

秋收后，地里的农活都干完了，农民们把打下的粮食收存起来并备好饲料，他们知道，冬天一下雪，就什么活也干不成了。每年到此季节总是物价上涨，尤其饲料价格不止涨一倍。

一个老农这样盘算着：天冷了，这会儿耕牛没活干，光吃不干多不合算，饲料又这么贵，不如现在把牛卖了，还有备好的草料也能卖个好价钱。等严冬过去，春耕开始时再把牛买回来。

另一个老农没有耕牛，但他也有自己的精心打算。他想，这会儿冬天没活干，耕牛都吃闲饭。现在买牛价钱便宜一半，不如这会儿就把牛先买下来，要是等到春天，这个价可就买不着喽！

两个老农都觉得自己的盘算最精明，有利可图。

这场交易实际上是两个老农的才智和计谋的较量。但这只不过是个赌注，最后谁输谁赢尚不知晓。

俗话说"智者千虑必有一失"，正像玩棋一样，谁也难保你非赢不可，但如能抓住机遇，就有可能获胜。这两个老农的较量实际上跟下棋一样，棋手们是靠棋子的前攻和后退来迎战对方，老农们是靠耕牛的出售与买进来赚取对方的钱款，以备春耕。问题是他们都目光短浅，谁都不会往前看，都不会走一步看两步。他们一个只看到饲料会涨钱，看不到牛价会便宜，另一个只看到牛价便宜，却看不到草料会涨钱。

他们俩成交了，买牛者为了养牛不得不把草料也全部买下。

现在我们来看看，谁能抓住时机，谁最后得利。

经过一段时间，在春天到来之前，瘟病肆虐山村。买牛者不得不宰杀耕牛，卖牛者自认聪明得利，觉得牛卖的是时候，不然，像这样瘟疫一来，全亏了。村民们也互相传告说，卖牛的真聪明，买牛的可真亏了。此时买牛者也自认倒霉，他想，我真糊涂，怎么能在冬天买牛。

没过几天，卖牛者家里遭窃，不但钱财、粮食被抢劫一空，比遭瘟病更惨的是这个老农连命都搭进去了。好端端的家庭破灭了，孤儿寡妇连生活都成了问题。村民们说，家里有现钱易遭灾呵！可怜的老农只见牲畜因瘟疫而死，他哪里能想到自己也会遭此大祸而一命呜呼！

此时，可以说买牛者比卖牛者高一筹，因为他只不过损失了牛，破了点财而已，而那位卖牛者不仅破了财，连命都没了。

于是，买牛者喜形于色，他认为自己才是聪明过人。

这个事件告诉我们，两位老农的才智不相上下，犹如一头驴的两只耳朵。他们俩一个是只见到瘟病的祸害，却没有想到深夜窃贼光临而一命呜呼。另一个则是想到了买廉价的耕牛，却没有想到牲畜会得瘟病而遭殃。

您看，突发和意外事件对判断一桩事多么重要。假如窃贼没有光临，谁也不会说卖牛者不聪明，可当他遭窃丧命后，人们都认为他不够聪明。

（冯国泰 译）

李夫西

多若西·李夫西（1909—1996），加拿大著名女诗人。

代表作有《前驱》《昼夜》。

曾出版的诗集有《献给人民》《诗选》《不安静的安乐窝》等。

※ 孩子们的信

它们是我的秘密食粮

我在房间

最僻静的角落里消受

没有人张望时

我便在窗前

大师智慧书系

把它们举起对着阳光

好看得清楚

好听到这蛛丝般笔迹背后

一个孩子不稳的

学步声

一个稚嫩的嗓音对着天空

结结巴巴地说

"鸟儿……鸟儿……"

不管这些是

我的儿女还是小孙孙

这些信都是幻影般的来访者

一个孤独者的食粮——

它们穿越

心灵的窗棂

跳跃在一束束阳光里

（李文俊 译）

梅·萨顿

梅·萨顿（1912—1995），美国女作家，原名埃莉诺·玛丽·萨顿。
出生于比利时，1916年随父母移居美国。
萨顿是位多产的作家，一生共完成小说19部，出版诗集16部，并留下大量自传文字。
她的文字富有诗意，充满了对生活细节的敏锐洞察和对人生的深刻感悟。

※ 独身生活的回报

　　前几天，我的一个熟人，一位喜欢交往、讨人喜欢的男士告诉我，在纽约的两个约会之间，他没想到会有一两个小时的独处时间，他便去了惠特尼艺术博物馆，独自一人观赏了那儿的展品，幸福地度过了那"空闲"的时光。

　　对他来说，发现独自一人竟能过得如此愉快不亚于坠入情网般令人震惊。

　　他到底一直害怕什么？我问自己。怕突然独自一人了，会发现自己以前是自寻烦恼，还是怕发现简直找不到自我？但他既然已经尝试过独处，现在就得冒险。他将被发射到自己内心的空间，这空间就如宇航员眼中的外部宇宙空间一样浩瀚、未知，有时甚至是恐怖。他有的每一种感觉都会焕然一新，有时甚至极为奇特。这是因为，每一个会用眼观察事物的人，都会偶尔在瞬间有天才的发现。如果身旁有另一个人，对事物的看法必将受到彼此的影响，而变成了双重的看法。我们急于知道：我的同伴对此是怎么看、怎么想的，我对此又是怎么想的。

这样，最初的印象失去了，或者模糊不清了。

"与你一起同听的音乐已不只是音乐了。"的确如此。所以，音乐本身只能独自一人欣赏。离群索居是人生兴味所在，独处能使人体会到每一经历的真实性。

"独处之人永不孤寂，活跃的思绪独自漫步在寂静的花园里，在凉爽的房舍中。"

与人相处会强烈地感到孤寂，因为与人相处，即使有时与相爱之人同处，我们也会饱尝兴趣爱好、性格脾气与心境的不同所带来的痛苦。人类的交往常常要求我们磨去感知的棱角；为了不伤害别人，一旦涉及个人私事，我们就要避而不谈；赤身裸体也不便出席社交场合。而独处时，我们可以完全展现真实的自我，去感受我们切实感受到的东西，那是多大的享受啊！

我已独身了二十年。对我来说，独身生活最有意义的方面是它变得越来越有益。

如果我清晨醒来，看到太阳从海上冉冉升起（大多数日子我都是这样过的），知道我依然有整整一天，可以不受打扰地写几页书，牵着我的狗出去散散步，下午还可以躺下来长时间地思考（为什么人躺平了思考得更好呢），并且可以看看书，听听音乐，那么我就会感到无比幸福。

只有当我感到过度劳累，或者长时间不间断地工作，或者我暂时感到空虚、需要充实时，我才会感到孤独。有时，当我去外地讲学回到家中，或者当我遇到了不少人，讲了不少话，体验多得都快要从心里溢出来，需要整理的时候，我也会感到孤独。

随后，我也会有片刻的时间，觉得房子特大，空荡荡的，甚至都不知道自己藏在哪里。也许浇浇花草，再看看一棵棵草、一朵朵花，好像它们就是人一样，或者喂喂两只猫，再不然，做做饭，我便又慢慢地找到了藏匿起来的自我。

看着田野尽头泉涌的浪花，凝视片刻，我又感到了那一时刻的来临：世界消退了，自我再一次从深沉的潜意识中显现，使我回想起近来经历的一切，并细细探究，慢慢体会；此时我又能和自己内心潜藏的力量交流了，这些力量由弱变强，获得新生，直至死神把我们分开。

加缪

阿尔伯特·加缪（1913—1960），法国著名小说家、剧作家、伦理家和政治理论家，1957年诺贝尔文学奖得主。代表作有小说《局外人》《鼠疫》《堕落》。短篇小说集《流放和王国》，剧作《误会》《卡利古拉》《戒严》。

※ 西西弗的神话

诸神处罚西西弗，让他不停地把一块巨石推上山顶，而石头由于自身的重量又滚下山去。诸神认为再也没有比进行这种无效无望的劳动更为严厉的惩罚了。

荷马说，西西弗是最终要死的人中最聪明最谨慎的人。但另有传说说他屈从于强盗生涯。我看不出其中有什么矛盾。各种说法的分歧在于是否要赋予这地狱中的无效劳动者的行为动机以价值。人们首先是以某种轻率的态度把他与诸神放在一起进行谴责，并历数他们的隐私。阿索玻斯的女儿埃癸娜被朱庇特劫走。父亲对女儿的失踪大为震惊并且怪罪于西西弗。深知内情的西西弗对阿索玻斯说，他可以告诉他女儿的消息，但必须以给柯兰特城堡供水为条件。他宁愿得到水的圣浴，而不是天火雷电。他因此被罚下地狱。荷马告诉我们西西弗曾经扼住过死神的喉咙。普洛托忍受不了地狱王国的荒凉寂寞。他催促战神把死神从其战胜者手中解放出来。

还有人说，西西弗在临死前冒失地要检验他妻子对他的爱情。他命令她把他的尸体扔在广场中央，不举行任何仪式。于是西西弗重坠地狱。他在地狱里对那恣意践踏人类之爱的行径十分愤慨，他获得普洛托的允诺重返人间以惩罚他的妻子。但当他又一次看到这大地的面貌，重新领略流水、阳光的抚爱，重新触摸那火热的石头、宽阔的大海的时候，他就再也不愿回到阴森的地狱中去了。冥王的召令、气愤和警告都无济于事。他又在地球上生活了多年，面对起伏的山峦、奔腾的大海和大地的微笑他又生活了多年。诸神于是进行干涉。墨丘利跑来揪住这冒犯者的领子，把他从欢乐的生活中拉了出来，强行把他重新投入地狱。在那里，为惩罚他而设的巨石已准备就绪。

我们已经明白：西西弗是个荒谬的英雄。他之所以是荒谬的英雄，还因为他的激情和他所经受的磨难。他藐视神明，仇恨死亡，对生活充满激情，这必然使他受到难以用言语尽述的非人折磨：他以自己的整个身心致力于一种没有效果的事业。而这是为了对大地的无限热爱必须付出的代价。人们并没有谈到西西弗在地狱里的情况。创造这些神话是为了让人的想象使西西弗的形象栩栩如生。在西西弗身上，我们只能看到这样一幅图画：一个紧张的身体千百次地重复一个动作：搬动巨石，滚动它并把它推至山顶；我们看到的是一张痛苦扭曲的脸，看到的是紧贴在巨石上的面颊，那落满泥土、抖动的肩膀，沾满泥土的双脚，完全僵直的胳膊，以及那坚实的满是泥土的人的双手。经过被渺渺空间和永恒的时间限制着的努力之后，目的就达到了。西西弗于是看到巨石在几秒钟内又向着下面的世界滚下，而他则必须把这巨石重新推向山顶。他于是又向山下走去。

正是因为这种回复、停歇，我对西西弗产生了兴趣。这一张饱经磨难近似石头般坚硬的面孔已经自己化成了石头！我看到这个人以深重而均匀的脚步走向那无尽的苦难。这个时刻就像一次呼吸那样短促，它的到来与西西弗的不幸一样是确定无疑的，这个时刻就是意识的时刻。在每一个这样的时刻中，他离开山顶并且逐渐地深入到诸神的巢穴中去，它超出了他自己的命运。它比他搬动的巨石还要坚硬。

如果说，这个神话是悲剧的，那是因为它的主人公是有意识的。若他行的每一步都依靠成功的希望所支持，那他的痛苦实际上又在哪里呢？今天的工人终生都在劳动，终日完成的是同样的工作，这样的命运并非不比西西弗的命运荒谬。但是这种命运只有在工人变得有意识的偶然时刻才是悲剧性的。西西弗，这诸神中的无产者，这进行无效劳役而又进行反叛的无产者，他完全清楚自己所处的悲惨境地：在他下山时，他想到的正是这悲惨的境地。造成西西弗痛苦的清醒意识同时也就造就了他的胜利。不存在不通过蔑视而自我超越的命运。

如果西西弗下山推石在某些天里是痛苦地进行着的，那么这个工作也可以在欢乐中进行。这并不是言过其实。我还想象西西弗又回头走向他的巨石，痛苦又重新开始。当对大地的想象过于着重回忆，当对幸福的憧憬过于急切，那痛苦就在人们的心灵深处升起：这就是巨石的胜利，这就是巨石本身。巨大的悲痛是难以承担的重负。这就是我们的客西马尼之夜。但是，雄辩的真理一旦被认识就会衰竭。因此，俄狄浦斯不知不觉首先屈从命运。而一旦他明白了一切，他的悲剧就开始了。与此同时，两眼失明而又丧失希望的俄狄浦斯认识到，他与世界之间的惟一的联系就是一个年轻姑娘鲜润的手。他于是毫无顾忌地发出这样震撼人心的声音："尽管我历尽艰难困苦，但我年逾不惑，我的灵魂深邃伟大，因而我认为我是幸福的。"索福克勒斯的俄狄浦斯与陀思妥夫斯基的基里洛夫都提出了荒谬胜利的法则。先贤的智慧与现代英雄主义汇合了。

人们要发现荒谬，就不能不想到要写某种有关幸福的教材。"哎，什么！就凭这些如此狭窄的道路……？"但是，世界只有一个。幸福与荒谬是大地的两个产儿。若说幸福一定是从荒谬的发现中产生的，那可能是错误的。因为荒谬的感情还很可能产生于幸福。"我认为我是幸福的人"，俄狄浦斯说，而这种说法是神圣的。它回响在人的疯狂而又有限的世界之中。它告诫人们一切都还没有也从没有被穷尽过。它把一个上帝从世界中驱逐出去，这个上帝是怀着满足的心理以及对无效痛苦的偏好而进入人间的。它还把命运改造成为一件应该在人们之中得到安排的人的事情。

西西弗无声的全部快乐就在于此。他的命运是属于他的。他的岩石是他的事情。同样，当荒谬的人沉思他的痛苦时，他就使一切偶像哑然失声。在这突然重又沉默的世界中，大地升起千万个美妙细小的声音。无意识的、秘密的召唤，一切面貌提出的要求，这些都是胜利必不可少的对立面和应付的代价。不存在无阴影的太阳，而且必须认识黑夜。荒谬的人说"是"，但他的努力永不停息。如果有一种个人的命运，就不会有更高的命运，或至少可以说，只有一种被人看作是宿命的和应受到蔑视的命运。此外，荒谬的人知道，他是自己生活的主人。在这微妙的时刻，人回归到自己的生活之中，西西弗回身走向巨石，他静观这一系列没有关联而又变成他自己命运的行动，他的命运是他自己创造的，是在他的记忆的注视下聚合而又马上会被他的死亡固定的命运。因此，盲人从一开始就坚信一切人的东西都源于人道主义，就像盲人渴望看见而又知道黑夜是无穷尽的一样，西西弗永远行进。而巨石仍在滚动着。

我把西西弗留在山脚下！我们总是看到他身上的重负。而西西弗告诉我们，最高的虔诚是否认诸神并且搬掉石头。他也认为自己是幸福的。这个从此没有主宰的世界对他来讲既不是荒漠，也不是沃土。这块巨石上的每一颗粒，这黑黝黝的高山上的每一颗矿砂唯有对西西弗才形成一个世界。他爬上山顶所要进行的斗争本身就足以使一个人心里感到充实。应该认为，西西弗是幸福的。

※ 为悠闲者辩护

忙而无暇，无论在中学或大学，还是在教会或市场，都是缺乏活力的一种症状；而忙里偷闲的能力，则暗示着广泛的兴趣和强烈的个性。我们身边总有一些半死不活、抱残守缺之辈，除了从事某种平常的职业外，他们对生活并无半分感受。如果领这些家伙到乡间或让他们乘上轮船，你会发现他们对自己的书桌或书房是如何朝思暮想。

他们全无好奇之心，不能肆意纵情于偶然突发的刺激，无法享受纯粹的感官带来的乐趣；除非必然之神用棍子乱打他们一顿，否则他们会站着纹丝不动。跟这帮人说话，完全是白费口舌。他们无法悠然自乐，他们的本性不够宽容大度，他们是在一种昏迷状况中度过悠闲时光的，而不是像在轧金厂里拼命干活那样。当他们无须去工作，当他们不感到饥肠辘辘也不觉得口干舌燥的时候，熙熙攘攘的整个世界对于他们是一片空白。假若不得不花一个小时左右等候火车，他们会两眼圆睁、憨态可掬地发呆。看到他们，你可能会想那里没有任何东西值得一看，也没有任何人可以交谈；你可能会觉得他们身体瘫痪了或被人疏远了，实际上他们可能在各自的工作中都是任劳任怨、尽职尽责之人，对契约中的瑕疵或市场的变化目光敏锐。他们上过中学，读过大学，但是他们始终将目光放在夺取奖章上；他们在世界上游历颇广，与有识之士交往，但是他们心里念叨的始终是自己的事情。仿佛还嫌一个人的灵魂刚开始的时候不够小似的，他们压缩了自己的灵魂世界——只顾工作，从不娱乐，终其一生；直到他们年已四十，在这里苦候火车，对身边的事物无精打采，头脑中毫无娱乐的材料，没有任何一个思想是与另一思想相互抵牾的。在还光着屁股的时候，他可能在箱子上攀上爬下；在二十岁的时候，他可能目不转睛地直瞪着姑娘；但是现在烟斗抽空了，鼻烟盒也吸光了，我们这位可敬的先生腰板直挺挺地坐在长凳上，目光郁闷。在我看来，这称不上是成功的人生。

但是，由于他这种忙忙碌碌的习性而深受其苦的，不仅仅是他本人，还有他的妻子儿女、亲戚朋友，甚至还包括与他同乘一节车厢或一辆公共汽车的那些人。自始至终地献身于一个人所谓的职责，只有依靠始终如一地忽略众多其他事情才能维持。而他的职责是否就是他应该做的最重要的事情，这可万难确定。如果不偏不倚地判断一下，那么显然一清二楚的是，在人生这个剧场里上演的最聪明、最善良、最慈悲的角色当中，有很多是由无偿的演员来扮演的，而在世人们看来，属于悠闲的时光。因为在这个剧场里，不但走路的绅士、放歌的侍女、在乐队席里一丝不苟地拉着小提琴伴奏的人，而且坐在长凳上观看并鼓掌的人，实际上都在各自扮演着一个个角色，并对整体的效果起着至关重要的作用。

毫无疑问，你受惠于你的律师和股票经纪人、将你从一处快速地载往另一处的列车员和信号员、为保护四方安宁而在街道上巡逻的警察；但是对那些施惠于你的其他人，譬如令你开怀大笑的偶遇之人或者陪伴在你的饭桌旁的有趣之人，你的心中就不存一丝一毫的感激之情？

由于纽科姆上校的帮忙，他的朋友破了财；弗雷德贝哈姆向人借衬衣，很有一手；但是和巴恩斯先生相比，与这两位交往要有趣得多。尽管福斯塔夫既不庄重也不诚实，我认为我可以指名道姓地指出一两位愁眉苦脸的巴拉巴之流，这个世上如果没有他们可能要好得多。哈兹里特曾提到，与他那些可以夸耀于人的众多朋友相比，他对诺思科特更感恩不尽，虽然诺思科特对他并未做出任何可称为恩惠的举动，因为他强调一个有趣的同伴就是最大的施恩者。我知道世上有些人，除非给予他们的恩惠是以痛苦和苦难作为代价的，否则他们便毫无感恩戴德之心。这种人的性情真是难以伺候。一个人可能寄送给你长达六页信纸的引人入胜的闲话漫谈，或者你可能花上半个钟头阅读他的一篇文章，感到不胜愉快，甚至颇有所获；难道你认为如果他就像与魔鬼签订契约一样，用心血制成手稿，就是更有恩于你？你真的以为如果你的来信者一直恶语诅咒你的纠缠不休，你就会对他更加感激涕零？乐趣比责任对人更有益处，因为如同仁慈一样，由于它们是自然流露的，因此给人双倍的福分。

加缪

阿尔伯特·加缪（1913—1960），法国著名小说家、剧作家、伦理家和政治理论家，1957年诺贝尔文学奖得主。

※ 生之爱

巴马的夜，生活缓慢地转向市场后面的喧闹的咖啡馆，安静的街道在黑暗中延伸直至透出灯光与音乐声的百叶门前。我在其中一家咖啡馆呆了几乎一整夜。那是一个很矮小的厅，长方形，墙是绿色的，饰有玫瑰花环。木制天花板上缀满红色小灯泡。在这小小空间，奇迹般地安顿着一个乐队，一个放置着五颜六色酒瓶的酒吧以及拥挤不堪、肩膀挨着肩膀的众宾客。这儿只有男人。在厅中心，有两米见方的空地。酒杯、酒瓶从那里散开，侍者把它们送到各座位。这里没有一个人有意识。所有的人都在喊叫。一位像海军军官的人对着我说些礼貌话，散发着一股酒气。在我坐的桌子旁，一位看不出年龄的侏儒向我讲述自己的生平。但是我太紧张了，以致听不清他讲些什么。乐队不停地演奏乐曲，而客人只能抓住节奏，因为所有的人都和着节奏踏脚。偶尔，门打开了。在叫喊声中，大家把一个新来者嵌在两把椅子之间。

突然，响起一下钹声，一个女人在小咖啡馆中间的小圈子里猛地跳了起来。"21岁"军官对我说。我愣住了。这是一张年轻姑娘的脸，但是刻在一堆肉上。这个女人有1。8米左右。她体形庞大，该有300磅重。她双手叉腰，身穿一件黄网眼衫，网眼把一个个白肉格子胀鼓起来。她微笑着，肌肉的波动从嘴角传向耳根。在咖啡馆里，激情变得抑止不住了。我感到这儿的人对这姑娘是熟悉的，并热爱她，对她有所期待。她总是微笑着。她总是沉静和微笑着，目光扫过周围的客人，肚子向前起伏。大厅里所有的人都喊叫起来，随后唱起一首看来众人都熟悉的歌曲。这是一首安达卢西亚歌曲，唱起来带着鼻音。打击乐器敲着沉闷的鼓点，全部是三拍的。她唱着，每一拍都在表达她全部身心的爱。在这单调而剧烈的运动中，肉体真实的波浪产生于腰并将在双肩死亡。大厅像被压碎了。但在唱副歌时，姑娘就地旋转起来，她双手托着乳房，张开红润的嘴加入到大厅的合唱中去，直到大厅里所有的人都卷入喧哗声中为止。

她稳当地立在中央，汗水漉漉，头发蓬乱，直耸着她笨重的、在黄色网眼衫中鼓胀的腰身。她像一位刚出水的邪恶女神。她的低前额显得愚蠢，她像马奔驰起来那样只是靠膝盖的轻微颤动才有了生气。在周围那些兴奋得跺脚的人们中间，她就像一个无耻的、令人激奋的生命形象，空洞的眼睛里含着绝望，肚子上汗水淋漓。

若没有咖啡馆和报纸，就可能难以旅行。一张印有我们语言的纸，我们在傍晚试着与别人搭话的地方，使我们能用熟悉的动作显露我们过去在自己家乡时的模样，这模样与我们有距离，使我们感到它是那样陌生。因为，造成旅行代价的是恐惧。它粉碎了我们身上的一种内在背景。不再可能弄虚作假——不再可能在办公室与工作时间后面掩盖自己（我们与这种时间的抗争如此激烈，它如此可靠地保护我们以对抗孤独的痛苦）。就这样，我总是渴求写小说，我的主人公会说："如果没有办公时间，我会变成什么样？"或者："我的妻子死了，但幸亏我有一大捆明天要寄出的邮件要写。"旅行夺走了这个避难所。远离亲人，言语不通，失去了一切救助，伪装被摘去（我们不知道有轨电车票价，而且一切都如此），我们整个地暴露在自身的表层上。但由于感觉到病态的灵魂，我们还给每个人、每个物件以自身的神奇的价值。在一块幕布后面，人们看到一个无所思索的跳舞的女人，一瓶放在桌上的酒。每一个形象都变成了一种象征。如果我们的生命此刻概括在这种形象中，那么生命似乎在形象中全部地反映出来。我们的生命对所有一切天赋于人的禀性是敏感的，怎样诉述出我们所能品味到的各种互相矛盾的醉意（直到明澈的醉意）。可能除了地中海，从没有一个国家与我是那样遥远，同时又是那样亲近。

无疑，我在巴马咖啡馆的激情由此而来。但到了中午则相反。在人迹稀少的教堂附近，坐落在清凉院落的古老宫殿中，在阴影气氛下的大街上，则是某种"缓慢"的念头冲击着我。这些街上没有一个人。在观景楼上，有一些迟钝的老妇人。沿着房屋向前，我在长满绿色植物和竖着灰色圆柱的院子里停下，我融化在这沉静的气氛中，正在丧失我的限定。我仅仅是自己脚步的声音，或者是我在沐浴着阳光的墙上方所看见掠影的一群鸟。我还在旧金山哥特式小修道院中度过很长时间，它那精细而绝美的柱廊以西班牙古建筑所特有的美丽的金黄色大放异彩。在院子里有月桂树、玫瑰、淡紫花牡荆，还有一口铁铸的井，井中悬挂着一只锈迹斑斑的长把金属勺，来往客人就用它取水喝。直到现在，我还偶尔回忆起当勺撞击石头井壁时发出的清脆响声。但这所修道院教给我的并不是生活的温馨。在鸽子翅膀干涩的扑打声中，突然的沉默蜷缩在花园中心，而我在井边锁链的磨击声中又重温到一种新的然而又是熟悉的气息。我清醒而又微笑地面对诸种表象的独一无二的嬉戏。世界的面容在这水晶球中微笑，我似乎觉得一个动作就可能把它打碎，某种东西要迸散开来，鸽子停止飞翔，展开翅膀一只接一只地落下。唯有我的沉默与静止使得一种十分类似幻觉的东西成为可以接受的，我参与其中。金色绚丽的太阳温暖着修道院的黄色石头。一位妇女在井边汲水。一小时之后，一分钟、一秒钟之后，也可能就是现在，一切都可能崩溃。然而，奇迹接踵而来。世界含羞、讥讽而又有节制地绵延着（就像女人之间的友谊那样温和又谨慎的某些形式）。平衡继续保持着，然而染上了对自身终了的忧虑的颜色。

我对生活的全部爱就在此：一种对于可能逃避我的东西的悄然的激情，一种在火焰之下的苦味。每天，我都如同从自身中挣脱那样离开修道院，似在短暂时刻被留名于世界的绵延之中。我清楚地知道，为什么我那时会想到多利亚的阿波罗那呆滞无神的眼睛或纪奥托笔下热烈而又呆钝的人物。直至此时，我才真正懂得这样的国家所能带给我的东西。我惊叹人们能够在地中海沿岸找到生活的信念与律条，人们在此使他们的理性得到满足并为一种乐观主义和一种社会意义提供依据。因为最终，那时使我惊讶的并不是为适合于人而造就的世界——这个世界却又向人关闭。不，如果这些国家的语言同我内心深处发出回响的东西相和谐，那并不是因为它回答了我的问题，而是因为它使这些问题成为无用的。这不是能露在嘴边的宽容行为，但这拿大只能面对太阳的被粉碎的景象才能诞生。没有生活之绝望就不会有对生活的爱。

在伊比札，我每天都去沿海港的咖啡馆坐坐。五点左右，这儿的年轻人沿着两边栈桥散步。婚姻和全部生活在那里进行。人们不禁想到：存在某种面对世光中摇曳，到处都是白色的教堂、白垩墙、干枯的田野和参差不齐的橄榄树。我喝着一杯淡而无味的巴旦杏仁糖浆。我注视着前面蜿蜒的山丘。群山向着大海缓和地低斜。夜晚正在变成绿色。在最高的山上，最后的海风使风磨的叶片转动起来。由于自然的奇迹，所有的人都放低了声音。以致只剩下天空和向着天空飘去的歌声，这歌声像是从十分遥远的地方传来的。在这短暂的黄昏时分，有某种转瞬即逝的、忧伤的东西笼罩着。并不只是一个人感觉到了，而是整个民族都感觉到了。至于我，我渴望爱如同他人渴望哭一样。我似乎觉得我睡眠中的每一小时从此都是从生命中窃来的……这就是说，是从无对象的欲望的时光中窃来的。就像在巴马的小咖啡馆里和旧金山修道院度过的激动时刻那样，我静止而紧张，没有力量反抗要把世界放在我双手中的巨大激情。

我清楚地知道，我错了，并知道有一些规定的界限。人们在这种条件下才从事创造。但是，爱是没有界限的，如果我能拥抱一切，那拥抱得笨拙又有什么关系。在热那亚有些女人，我整个早上都迷恋于她们的微笑。我再也看不见她们了。无疑，没有什么更简单的了。但是词语不会掩盖我的遗憾的火焰。我在旧金山修道院中的小井中看到鸽群的飞翔，我因此忘记了自己的干渴。我又感到干渴的时刻总会来临。

贝洛

索尔·贝洛（1915—），美国著名小说家，出生于加拿大魁北克省。
代表作《摇来晃去的人》《奥吉·马奇历险记》《珍惜今天》《雨王汉德森》
《赫尔索格》《赛勒姆先生的行星》《洪堡的礼物》等。
1976年获普利策小说奖、诺贝尔文学奖。本篇是贝洛获得诺贝尔文学奖时的获奖演说。

大师谈人世

※ 人性与文学

40多年前，我是个非常矛盾的大学生，习惯于选修某一门课，然后又撇开它去研读另一门学科。所以，在我本该死啃《货币与金融学》时，却大读约瑟夫·康拉德的小说，但我对此并不后悔。也许因为康拉德更像美国人，才深深地打动了我的心——一个流浪异国的波兰人，终年在海上漂泊，会说法语，英文则写得出奇而优美。而我是生长在芝加哥移民区的移民子弟，对我这样一个斯拉夫人——当过英国船长，熟悉马赛港的内内外外，写得一手东方情调的英文——自然是不足为奇的。而康拉德的"真实"人生没有什么奇妙的地方。他的作品主题也直截了当，有忠诚、指挥权、海洋传统、等级制度、水手们在遇到台风时应该遵守的软弱无力的规则所拥有的力量，也表现了他的艺术。《水仙号的黑家伙》一书的序言中，康拉德简单地阐述了自己的艺术观点。他说，艺术是将最高的公正颁给有形宇宙的一种尝试，它试图在宇宙、物质和生命的事实中找出基本的、持久的、不可缺少的一切。作家求得本质的方法与思想家或科学家不同。康拉德说，思想家和科学家以系统化检验的方式来认识世界，艺术家只能以自身为目标，深入内心，在寂寞中去发现"感人的诉求"。康拉德说，他诉求的是"我们生命中天赋的而非日后取得的特性，我们喜悦和惊叹的本能……我们的同情心和痛苦感，是人类与万物为友的潜在感情——那种微妙的、不可捉摸而又无敌于天下的团结信念。正是这种信念将无数孤寂的心灵交织在一起，使全人类结合在一体——无论是生者还是死者，活着的还是将出世的。"

这段热忱的言论是八十年前写的，我们生活在现代的人也许想加上几粒盐巴。我那一代的读者认识一大串高贵的或听来是高贵的字眼，诸如曾遭到过海明威等作家摒弃的"不可战胜的信念"或"人道"等。海明威代表了第一次世界大战的士兵发言。他们曾受到过伍德罗·威尔逊之类的政客们的夸夸其谈的鼓舞，其实政客们的大话与战壕中暴寒的尸骨相比不值一提。海明威的年轻读者们相信：二十世纪的恐怖现象所发出的致命辐射，已毁灭了人道主义的信仰。所以我叮嘱自己，要抵制康拉德说的大话。但我从不认为他是错的。他的话像是直接跟我说的，他觉得自己身上全是弱点——有感情的人总是软弱无力。假如他接受这个事实，求诸内心，加深自己的孤独感，他就会发现他与同样孤独的人是心连心的。

现在我不再怀疑康拉德的话了。不过，有些作家却认为康拉德那一类的小说，已经过时了。法国文坛的领袖之一、"实体论"的代言人罗伯·格里耶认为，在萨特的《恶心》、加缪的《局》和卡夫卡的《城堡》这些当代的伟大作品中，都根本没有人物。你在这些书中发现的不是个人而是整体。他说："人物为主体的小说已属过去，它成了一个时代特征的标志——那个个人至上的时代特征。"罗伯·格里耶承认这并非是一种进步，但个性已被抹杀这是事实。"现在是行政编号的时代。在我们眼中，世界的命运已不再跟某些家族某些人的兴衰连在一起了。"他又说，在巴尔扎克笔下的中产阶级时代，有个名号和品行很重要，品行是求生存求成功的奋斗武器。当时，"人格代表一切探求的方法和目标，能在这个世界露脸就很了不起。"他总结说，我们的世界则朴实多了，它否认个人万能，但更具有野心，"因为它的眼光看得更远，对'人'的礼赞失势，取代它的是不是以人为中心的、更为广泛的意识。"然而，他又安慰我们，一种新的过程和新发现的远景就呈现在我们面前。

在今天的场合，我不必进行论争，我们都理解，对"人物"的厌倦意味着什么。典型变得虚假，变得令人厌烦了。在本世纪初，D．H．劳伦斯就说过，我们人类的本能已被清教主义破坏。不彼此关怀，而是相互排斥。他说："同情心破碎了。"他还进一步说："人人掩鼻而过。"此外几百年来经典作品在欧洲势力之大，使每个国家都有源自莫里哀、拉辛、狄更斯或巴尔扎克的"相同要格"。多么可怕的现象。也许这和一句美妙的法国名言有关："若有个性，事情必坏。"这句话使人感到，缺乏创造的人往往喜欢从方便的来源获取所需，正如新城市往往在旧城市的瓦砾堆上建成一样。心理分析的个性观认为性格是丑恶、顽固的构造物——我们不得不屈从于它，却无法高高兴兴地拥抱它。极权主义和意识形态也攻击资产阶级的个人主义，说它把个性和阶级特性混为一谈。罗伯·格里耶先生的论述也曾暗示过这点。对个性、假面具、虚伪的厌恶，带来了政治上的一定结果。

我感兴趣的是，艺术家把什么列为优先要考虑的问题。他必须从历史分析入手，由概念或体系开始吗？普鲁斯特在《过去韶光的重视》中，谈到年轻聪明的读者愈来愈喜欢分析倾向、道德倾向或社会学倾向高的作品。他说他们喜欢自己认为深刻的作家，而不喜欢贝格特（《追忆逝水年华》中的小说家）。"然而，"普鲁斯特说，"自从人们以推理方式来评判艺术作品以来，没有任何稳定和确定的标准可供人赞许他所喜欢的任何东西了。"

罗伯·格里耶的观点并不新奇。它要我们清除资产阶级的人类中心说，做一些高度文明要求我们做的上等行为。人物和品格又怎样呢？"卧病五十年，严肃的论文家已多次签署了它的死亡通知书；"罗伯·格里耶说，"但是任何因素都无法将它打下19世纪被捧上的高台。现在它已成了木乃伊，却依旧受到推崇——尽管容易戳穿——被冠以廉价的威严和传统批评所尊敬的价值观。"

罗伯·格里耶的论文题目是《谈谈几个陈腐的观念》。我自己也厌倦陈腐的观念和各种木乃伊，但我对伟大小说家的作品百读不厌。我们该如何对待书中的人物呢？应当停止对人物个性的研究吗？难道书中最生动的描写也失去生命力了吗？难道人类已经走到了死寂的终点了吗？个性真的如此依赖于历史和文化条件吗？我们能接受别人"权威式"地向我们灌输的种种条件解释吗？我认为问题的实质不在于人类的内在兴趣，而在于这些概念和解释，它们的陈腐与不足令我们厌恶。要找出问题的起因，还得检查我们自己的头脑。

人物个性的死亡通知书已由"最严肃的论文家们签署"，这个事实只表示了另一群木乃伊——可敬的知识社会的领袖们——立下的这个规则。这些严肃的论文家居然获准签下文学形式的死亡通知书，真令人可笑。难道艺术该追随文化吗？我总感到有点不对劲。

如果由于写作策略需要，诱使小说家抛弃"人物个性"，他没有理由不这样做了。但是，若因理论上个体至上的时代已经结束作为理由来这样做，未免太荒唐。我们千万别让知识分子驾驭一切，听任他们去统治艺术，这对他们没有好处。他们读小说时，除了赞许他们自己的意见之外，就看不到别的内容了吗？我们做人就为了玩这种把戏？

伊丽莎白·鲍恩曾说过，人物角色不是作家创造的。他们本来就存在，必须由作家去寻找。我们若不去寻找，不重视刻画他们，那便是我们的过错。不过，我们也得承认，寻找他们并不轻松。人的条件也许以此时最难划定。有人说我们现在正处于宇宙的初期阶段，这大概有理。我们被大量地堆积在一块儿，似乎正经历着新的意识形态的苦恼。最近四十年，美国有数百万人接受了"高等教育"——在许多情况下说不清这是好事还是坏事。在六十年代，社会面临激变，我们首次感到现代的学说、观念、感性，以及心理、教育、政治观点渗透所带来的效果。

我们每年都能看到许多书和文章，告知美国人的处境是何等不妙——有的明智、单纯，有的夸张、可怕，甚至像是狂人的呓语。这些都反映出我们存在的危机，告诉我们应该如何应变；这些分析家正是他们开方治疗的纷扰及混乱造就出来的。我身为作家，不得不思考他们极度的道德敏感性，他们求全的欲望，他们对社会缺陷的挑剔，他们无止境的需求，他们的焦虑、易怒、敏感，他们的脆弱、仁厚、善行，他们爆发性的情感，他们试验药品、触觉疗法和炸药的大胆精神。曾是耶稣会教徒的马拉芙·马丁在一本谈教会的书籍中，将现代美国人比喻为米开朗琪罗的雕像——《奴隶》。从雕像中他看出了"一场完整表现出来的没有停止的挣扎。"马丁说，美国"奴隶"在挣扎与斗争中要面对那群先知、神父、法官和他的苦难的制造者对他所作的种种诠释、训诫、警告和描述。

让我花点时间来细看这种挣扎的过程吧。私生活中存在纷扰和恐慌；家庭中的丈夫、妻子、父母和孩子是一片混乱；至于公民行为、个人忠诚及性生活惯例，那就更混乱了。个人的纷扰造成了全社会的困惑。我们在报上读到平时爱看的科幻故事——《纽约时报》曾谈到死光和美苏之间的太空卫星战。像我的同事米尔顿·弗莱德这样稳重而又负责的经济学家，也竟在十一月份的《对抗》杂志上宣布：大英帝国由于公共开支太大，将会很快步智利一类穷国的后尘。他的预言甚至把自己都吓了一跳，什么始于大宪章的自由与民权的伟大传统将会以独裁而收场？"在这个传统中成长的任何人，都不可能认为大英帝国有失去自由和民主的危险；然而这却是事实！"

我们正设法和这些击溃我们的事实和平共存。如果我能和弗莱德曼教授辩论的话，我会要求他考虑风俗的抵抗力，英国与智利的文化差异，民族性格和传统的区别；但我的目的并不是参加一场赢不了的辩论，而是引导诸位注意我们必须容忍的可怕预言、纷乱的背景和毁灭的景象。

你们一定认为，在一期杂志上刊登一篇这样的文章就足够了，可是在《对抗》的另一页上，又刊登了休·塞顿·沃森教授对乔治·肯南最近勘察美国退化情形的报告的评述。肯南描述了美国的失败以及此事对全世界的悲惨意义，他谈及了犯罪行为、城市堕落、吸毒、色情文学、轻薄无聊、教育水准下降等问题，并断言我们的强大力量实际上不堪一击。我们无法领导全世界，由于受到罪恶的腐蚀，也许连自己都无法保护。塞顿·沃森教授写道："如果顶层的十万男女，包括决策者和协助决策者形成思想的人，都决定投降的话，就没有任何力量能保卫这个社会。"

我们不必多谈资本主义的强大威力，那么它在意识形态上的对手又如何呢？我在《对抗》杂志上又翻到了剑桥大学讲师乔治·华森先生写的一篇短文。他告诉我们说，社会民主联盟的创始人海德曼把南非战争称作为"犹太人的战争"，又说韦伯夫妇也不时发表过种族主义的论点（在他们之前的罗斯金、卡莱尔和T．H．赫胥黎也有类似观点）；他说恩格斯曾指责东欧的斯拉夫诸小民族是反对革命的渣滓；华森先生在结论中引用西德"红军派"的乌莱克·曼霍夫在1972年法院审讯时所声称的对"革命的消灭"一词的赞同。她认为，希特勒时期德国的反犹太主义，其本质是反对资本主义。华森又引述她的话说："奥斯威辛的含义在于，六百万犹太人为了有钱的资产阶级送了命，被扔到了欧洲的垃圾堆。"

我提起这些左派的种族主义者，为的是证明我们无法对光明和黑暗的追随者作简单的选择。善与恶并非顺着政治方针而平衡分配的。但我们已表明了立场，我们面临着各种焦虑，我们为各方面事物的衰落而忧愁，我们为私生活受到干扰而不安，又饱受公共问题的折磨。

艺术和文学的关系又是如何呢？不错，是有过一场嘈杂的喧嚷，但我们并未完全受它控制。我们能自己思考、辨别和体验。更能以纯正、微妙、高尚的能力去抵制狂和胡闹。我们没有屈服，远没有。仍然有人在写书，有人在读书。要打动现代读者缭乱的心胸也许比较困难，不过作家有可能穿过噪声，直达宁静地带。到了宁静地带，我们也许会发现他正诚心诚意地等着我们呢。纷扰增加时，对精髓的渴望也会加强。始于第一次世界大战的无尽危机循环圈已经造就了一种人，他们经历过可怕怪诞的真情，心中已减少了偏见，抛却了令人失望的空论，有能力忍受多种疯狂，非常渴望人类智慧。我并不认为在夸张，证据是不少的。瓦解了吗？是的，很多东西瓦解了，但我们也在经历着一种奇特的磨炼过程。这一过程已进行很久了。我思考了普鲁斯特的《过去韶光的重视》，发现他对此深有感触。他的那部小说描写了大战期间的法国社会，显示了他的艺术威力。他声称：没有正视个人和集体的恐怖的艺术，我们就不认识自己和别人。惟有艺术才能穿透傲气、认识自己和别人。惟有艺术才能穿透傲气、激情、智慧和习惯在四面八方所建立的一切——世界的表象。另有一种我们忽视的真相，这经常给我们以种种暗示，不透过艺术我们是无法懂得这些暗示的。普鲁斯特称这些暗示为我们的"真正印象"。若无艺术，我们一定看不到这种真正印象——即永久的直觉，于是我们将一无所有，剩下的只是"将实利目标假称作生命罢了"。托尔斯泰曾用类似的方法谈到过这个问题，比如他的剧本《伊凡·伊里奇之死》，就描述了那种害得我们认不清生与死的"实利目标"。伊凡·伊里奇临死时才扯下了遮盖物，看穿了"实利目标"变成一个"有个性的人物"。

普鲁斯特仍能在艺术和毁灭之间保持平衡，坚持艺术是生活的必需品，伟大的独立实体，神奇的力量。不过艺术早就不像过去那样和人类的主要事业联结在一起了。历史学家埃德加·怀特在《艺术和纷扰》中告诉我们，黑格尔早就发现艺术不再占据人类的中心活动力。那些活动力如今被一种"无情的理性探索精神"，即科学占去了。艺术移到边缘地带，在那儿形成"宽广而又富有变化的视野"。黑格尔说，科学时代尽管大家还写诗作画，但无论现代艺术作品中的神祇看来是多么辉煌，我们从"天父和圣母的形象"中能找到多少尊严和完美的东西，但这一切都将徒然，因为我们已经不再顶礼膜拜了。人类虔诚地叩拜的历史已经过去。发明的才华、大胆的冒险、创造的生机取代了"直接关联"的艺术。依据黑格尔的观点，纯艺术的最主要成就在于它摆脱了以往的责任，不再"严肃"了。反之，它透过"形式的宁和感"，"使灵魂不再痛苦地卷入现实的局限"。我不知道今天谁会为一种使灵魂不再牵涉现实的艺术提出此类主张。我也不相信纯科学的理性探索精神确实占据了人类的中心活动力。这一活动力也许已经存在了我所说的危机，它作为中心的地位看来也是暂时的。

十九世纪某些欧洲作家不愿放弃文学和人类主要事业的联系，这种做法会使托尔斯泰和陀斯妥也夫斯基都感到惊讶。然而，大艺术家和公众在西方已出现了分歧，他们渐渐瞧不起一般的读者和广大的中产阶级了。历史学家艾利奇·奥尔巴哈说，第一流的艺术家已经看清欧洲产生了什么文明，这种文明是光辉的，但又是不稳定的、软弱的、注定要被灾难打垮的。他又说，有的作家写出了怪诞而吓人的作品，或者用自相矛盾的极端言论来引起人们的震惊。很多作家并不想帮助读者去了解他的作品——也许是对公众的轻视，或是对自己灵感的沾沾自喜，还可能是某一种悲剧性的弱点，使他们无法做到既单纯又准确。

在本世纪，他们的影响力最大，因为当代人表面上有激进和革新思想，其实非常保守。他们追随十九世纪的领袖人物，坚守旧标准，诠释历史和社会都会依照上世纪的方式发展。如果今天作家们想到文学可能再次占据"人的中心活力"，如果他们认识到人类渴望从边缘归来，追求单纯而又准确的东西，作家们又该怎么办呢？

当然，我们想返回中心不见得就能返回中心。但人类需要我们，这对我们很重要。况且危机的压力很大，也许会把我们召回到中心去呢。预言无济于事，我们不能告诉作家什么，想象力必须自己找出路。我们这些作家并不能充分代表全人类。美国人如何描绘自己，心理学家、社会学家、记者和作家又如何描绘他们呢？在一种契约性质的形式下，他们以我们非常熟悉的方式来观察自己。这种契约性质的宣传，罗伯·格里耶和我都感到非常讨厌。它起源于当代的世界观，我们把消费者、公仆、足球迷、情人、电视观众都写进书本里。在契约性质的宣传中，他们的生活形同死亡。还有另一种生命，它来自本质的生活感，它不承认这些公式和虚假的人生——他们为我们安排的死一般的人生。那是虚假的，我们知道，我们在暗中断断续续地抵抗着，因为这些抵抗来自永存的直觉。人类也许受不了过多的真相，但也受不了过多的假相，过多的对真理的亵渎。

我们不必过分看重自己，我们也没有足够地了解自己，我们的整体成就远远地"胜过"我们，可以成为我们是有价值的"证明"。普通人乘喷气客机，四小时就横渡大西洋，体现了我们自己拥有的价值。同时，我们又听人说西方的花园接近关闭的时刻，资本主义文明的末日就在眼前。几年前，西瑞尔·康诺利写道，我们即将经历"一场彻底的变化，它不仅仅是对资本主义崩溃的解释，而且是卡尔·马克思或西格蒙特·弗洛伊特都预见到的实质性的巨变"。这证明我们还收缩得不够小，我们必须准备化为更渺小的人。我不能确定，这该称作是智慧超群的分析呢还是一个普通知识分子的分析。灾难就是灾难，某些政治家想硬把它叫做胜利，真是愚蠢之极。但我得把大家的注意力引向这样一件事实：知识分子的社会有许多受人敬重的观点，如关于社会、人性、阶级政治、性、心灵、有形世界和生命进化等等的见解。而作家中很少有人去思考这些观念，哪怕最优秀的作家。这些观点在乔伊斯或D．H．劳伦斯的作品中比一些小作家的书中发出的光热要更为强烈，它们无所不在，没有人能向他们挑战。那个世纪年代以来，有多少小说家会再看一遍D．H．劳伦斯的作品，或者对性的潜力及工业文明对人的本能的影响会提出不同的观点呢？近百年来，文学一直使用同一套概念、神话和策略。罗伯·格里耶说："要引用过去五十年最严肃的论文家的作品。"是的，没错。一篇篇论文、一部部书，都证实了最严肃的论文家的最严肃的思想——波德莱尔式、尼采式、马克思式、洛伊德式等。罗伯·格里耶对人物个性的批评也可用来评述这些概念，以保罗关于群体社会、非人性化及其他习惯观点等。这些观念我们已经厌透了，它们对我们人类的反映太笨拙了。他们所描绘的根本不像我们，正如我们不像古生物博物馆中的爬行动物和别的化石一样。我们要灵敏多了，才艺广博多了，表达力强多了。我们觉得自己可以骄傲的地方还多着呢！

那么现在是什么东西处于核心地位呢？既非艺术亦非科学，而是人类的纷扰和沉默中对自己命运是坚持下去还是走向毁灭的决断。人人都毫无例外地卷入了这一行动。此刻，我们必须清除障碍，包括教育的和一切陈词滥调的障碍，轻装前进，要善于判断，独立行动。康拉德诉求我们本赋的那一部分特性，是完全正确的。我们只得在许多学说的废墟上去寻找本质。那些学说已经破产，也许这是件好事，能让人类幸运地摆脱公式、摆脱陷入歧途的危险。我愈来愈明显地把过去长期以来坚信的观念看作是一种值得尊重的意见而已。我想搞清楚的是，我究竟追求什么，别人在追求什么。至于黑格尔笔下那种脱离了"严肃性"的艺术，它只能透过形式的安宁使灵魂不再卷入现实的痛苦之中，在生活的边缘发出光彩，而在这场求生的斗争中毫无立身之地。然而，这不是把那些参加斗争的人看作是没有文化，不懂艺术，仅仅具有一些基本的人性。我们身上的弊病，我们体躯的残缺不全，证明了我们有着丰富的思想和文化，有了我们在生活中感受至深。这场使我们无比激动的，要求我们简化头脑去重新思考、去消除那些阻碍作家和读者的简单又明了的可悲弱点。

作家是受人尊重的。聪明的读者对他们很有耐心，继续读他们的作品，忍受着一次又一次的失望，期待着从艺术中聆听神学、哲学、社会学和纯科学中听不到的内容。人的中心活力在为求生而斗争，由此衍生出一股巨大痛苦的渴望，想更豁达、更变通自如、更完全、更有条理、更广泛地斟酌我们人类的本质，我们的身份和此生的目的。人类在核心处为争取自由而集体斗争，个人则以丧失人性来争取灵魂的主权。作家不进入人生的核心只是他们不愿意罢了，如果愿意的话，他们随时可以进去。

我们现实状况的本质，其杂乱、纷扰和痛苦的表现已呈显于我们眼前，这就是普鲁斯特和托尔斯泰所谓的"真实印象"。这种本质一度露面后又躲了起来。于是又使我们陷入迷惑之中，可是我们从未和这些印象的深渊脱离过关系。我们的力量来自宇宙本身——这种威力感有时出现有时消失。我们不情愿谈这件事，因为我们无法证明什么，因为我们的语言不够用，因此很少人愿意多谈。如果要谈，只能说："那是一个精灵。"但这是一大禁忌。所以每个人都觉察到它的存在，却又都不愿开口。

文学的价值在于那些时隐时现的"真实印象"。小说总是在一个物体、有形、外观的世界和另一个产生"真实印象"、促使我们相信自己恪守的面对邪恶、固执的善的世界之间徘徊。

凡是写小说多年的人必然能体察到这一点。小说不能和史诗或戏剧的不朽价值相提并论，但我们目前只能做到这一点。那是现代的一间小茅屋，心灵栖息的小茅舍。小说由少量的真实印象加上大量的虚假印象组合而成，后者却是我们的生活。它告诉我们，每个人都有多种多样的生活，单一的生存本身就像幻觉。这种多样的人生存在代表着某种意义、某种倾向、某种价值；给我们以真理、和谐、正义上的满足。康拉德说得对，艺术企图在宇宙、物质和生命的真实中寻求基本的、持久的、不可或缺的东西。

（1976年）

魏斯

彼得·魏斯（1916—1982），德国作家。
主要成就在戏剧创作方面，剧作《马拉之死》受到广泛好评。

※ 告别

我试图想象我的母亲和父亲究竟是什么样子，并且总是以一种好恶参半的心
理去进行思考。但我从来把握不住，也永远说不清楚我生活中这两个重要人物的
性格特征到底是什么。当他俩几乎同时去世时，我发现，我同他们之间有着多么
深的隔阂。我并不为他们而悲哀，因为我几乎不认识他们。使我悲哀的倒是无可
挽回地失去的那一切。由于这个缘故，我的童年和青年时代几乎是一片空白。

我感到悲哀，因为我认识到，一种共同生活的尝试已彻底失败：一个家庭的成员数十年之久只是勉强地生活在一起而已。我悲哀，还因为我认识到我们兄弟姐妹们聚集在坟墓旁已为时过晚，我们匆匆相遇，又匆匆分手，每个人都各奔前程。母亲去世后，毕生都在孜孜不倦地工作并因此而为人称道的父亲，试图再次唤起从头开始的假象。他独自前往比利时，据他说，是为了建立业务上的关系。但实际上，他是准备像一只受伤的野兽那样在隐匿中孤独地死去。他出门时已经老态龙钟，走路很吃力，离不开两只拐杖。

接到他在根特去世的通知后，我乘飞机到了布鲁塞尔。在机场，怀着抑郁的心情踏上了一条漫长的路。我父亲也曾走过这条路，并且不得不拖着他那两条因血脉不通而行动艰难的腿，在楼梯上爬上爬下，穿过一个个大厅，一条条走廊。

那是三月初，天空晴朗，阳光灿烂，一阵阵寒风刮过根特的上空。我沿着铁路旁的一条街道向医院走去，父亲的灵柩就安放在医院的小教堂里。在一排光秃秃的、经过修剪的树木后面，一列列货车正在调轨，一节节车厢呼啸着飞驰而过。我来到那个形同车库的小教堂前，一位护士替我打开门。父亲就躺在一个蒙着帆布的担架上，身旁放着一口覆盖着花束和花圈的棺材。他穿着那身过于肥大的黑色西装，套着黑袜子，两只手叠放在胸前。怀里，是一张镶有黑框的母亲的遗照。他那瘦削的脸庞十分安详，几乎还没有变白的稀疏的头发鬈曲地贴在额上，表情里有一种我以前未曾看到过的高傲和果敢。那两只匀称的手上，指甲闪着淡青色的光芒。当我抚摸这冰冷、发黄、发肤紧绷的手时，那个护士就站在几步远的门外，在太阳地里等我。

我回想着我最后一次看见父亲时的情景：在埋葬了母亲之后，他躺在卧室的沙发上，身上盖着毯子，泪水模糊的脸显得发灰，嘴里不停地小声念叨着母亲的名字……我久久地站立着，任凭凛冽的寒风吹拂着我冻僵的身体，耳边响着从铁路那边传来的汽笛声和机车喷出蒸气时短促的响声。

我面前这个人的生命之火完全熄灭了，他那旺盛的精力已化成了彻底的虚无。在我面前，在异乡一间靠近铁路的车库里，躺着一个人的尸体，他将长眠地下，再也不可企及。这个人在他的一生中，曾拥有过许多营业所和工厂，曾作过无数次旅行，住过无数家旅馆；在他的一生中，他有过规模宏大的房屋和豪华的住宅，有过许多间摆满家具的房间；在这个人的一生中，他的妻子总是陪伴着他，在他们共同的家里等待着他；这个人的一生中也有过许多孩子，他总是避开他们，从来不会和他们谈点什么。但是，当他外出旅行时，他也会感到对孩子们温存的爱，希望见到他们。他总是把他们的相片带在身边，在旅途中，在夜晚住宿的旅馆里，他常常端详这些已经揉皱、磨损的照片，并且相信，在他回家后他们会对他报以信赖。可是，每当他回到家，发现的却总是失望和相互间的隔膜。这个人在他的一生中，曾作过不懈的努力来维护他的家庭，使它不至于崩溃，即使在忧虑和疾病中，他也同妻子一道勉为其难地维护这个家庭的产业，自己却从未从这份产业中获得过一丝幸福。

这个人现在就躺在我面前，永远地安息了。他从未动摇过对于现有这个家的信念，然而却孤独地死在远离这个家的一间病房里。在他离开人世的那一瞬间，当他伸手按电铃时，他也许突然感到了一阵寒冷和空虚，想唤来某种东西，得到哪种帮助或是宽慰。我端详着父亲的脸，还活在人世的我，心中保留着对他的纪念。这张被阴影笼罩的脸变得陌生了，他正带着满足的神情躺在这里，永远脱离了尘世，而与此同时，他的最后一幢大厦还矗立在某个地方，里面铺满了地毯，摆满了家具、盆栽花卉和绘画。这是一个失去了生命力的家，是他经历了多年的流亡和频繁的迁徙，克服了种种不适应的困难，饱尝了战争忧患拯救下来的家。

这天的晚些时候，父亲被殓进了我从殡仪馆买来的一口普通褐色棺材。在那位护士的关照下，他妻子的相片仍留在他的怀里。在货运列车驶过的隆隆声中，两名杂役旋紧了棺材盖并将父亲的灵柩抬到灵车上，我则乘坐一辆出租车跟在后面。

在通往布鲁塞尔的公路上，过路的农民和工人在夕阳的映照下向那辆黑色的灵车脱帽致意，这是父亲在一个陌生的国家里所作的最后一次旅行。在市郊的一块高地上，坐落着设有火葬场的一座公墓，寒风吹拂着墓碑和光秃秃的树木。父亲的棺材被抬进了礼拜堂的一间圆形大厅里，安放在一个台基上。我站在一边等待着。壁龛里的管风琴旁，坐着一个面带醉意的老人，他开始演奏一支安魂曲。此时，墙壁正中的一扇门突然开了，载有棺木的台基开始微微移动，沿着嵌在地板上几乎察觉不到的轨道缓缓地向门后一间空荡荡的四方形房间滑去，然后，门又无声地关上了。

　　两个小时后，我拿到了父亲的骨灰盒。我捧着这只嵌有十字架、上宽下窄的盒子，在工作人员和客人陌生的目光下走过，父亲的骨灰随着我的脚步在盒中发出轻微的响声。我回到旅馆，先是把骨灰盒放在桌上，然后移到窗台上，接着又放在地板上，放进大橱里，最后，放到了衣帽间。我下楼进了城，到百货店买了些纸和绳子，将盒子包好。当天，我陪伴着衣帽间里父亲的骨灰在那家旅馆里过了夜。第二天，我来到父母住过的房子，同我的同父异母兄弟及其妻子、我的亲哥嫂以及我的姐姐、姐夫一道商量了送葬、执行遗嘱和分配遗产等事宜。在以后的几天里，我们这个家终于解体了。

（荣裕民　译）

安德森

索菲娅·德·安德森（1919—），当代蜚声葡萄牙文坛的著名女作家。
她擅长于诗歌、散文与短篇小说的创作，而且还是一位颇受欢迎的儿童文学作家。

※ 路遇

十一月末的一天下午，已经看不到任何一点秋天的痕迹。

城市里到处挺立着深色石头砌成的墙。高深莫测的天空布满阴霾，染上一层阴冷的色调。街道两侧人行道上熙熙攘攘的行人相互碰撞着朝前赶路。马路上车水马龙，川流不息。

那天下午四点左右，天空中既无太阳又迟迟不下雨。

街上有许许多多的人。我匆忙地走在人行道上，不知什么时候我走在了一个衣着寒酸的男子身后，他怀中抱着一个金发儿童，她秀美动人，充满稚气的脸庞简直无法用言语去描述。这美仿佛夏日初露的晨曦，恰似一朵含苞欲放的玫瑰，宛如一滴玲珑剔透的露珠，把大自然的美融会在一起，造就了一个天真无邪的儿童难以置信的美。我的视线本能地被儿童的脸深深地吸引住了，但那男子却步履蹒跚，艰难地走着，在城市浩荡的人流的裹挟下，我被推拥到他的前面。在超过他的一刹那，我回过头又看了看那儿童。

就在这时，我才看清楚了那个男子，我马上停住脚步。他是一位非凡俊美的男子，大约三十岁，他棱角分明的面庞映现出贫困、邋遢和孤独。透过那褪了色发出暗绿的西服，仿佛让人一眼就能看到他被饥饿所摧残的躯体。淡褐色的中分头发略微有些长，多日未刮的胡须又从两鬓滋生出来，但他那被贫困雕塑的消瘦面庞却显露出其五官的美。而他最美的却是他那一双眼睛、一双浅色的眼睛，仿佛闪耀着孤独与温柔的光亮。正当我窥视他之际，他抬头朝无垠的苍穹望去。

我无法描述他当时的表情。高阔的天空，没有回音，满是清冷的色彩。他扬头望天，那举止就像某人已经超越了某种极限，再无任何东西可奉献了，于是他转向苍天寻求答案。痛苦从他的脸上向外流溢着，忍耐、恐惧和疑虑同时涌上他的面部，他沿着人行道的里侧、街墙、极其缓慢地向前走着。他昂首挺胸，仿佛整个身躯屹立在他的疑虑之上。他抬头遥望苍穹，但看到的却是一片寂静的平原。

这一切都发生在一瞬间，但那男子的西服、面庞、目光和表情，我至今还记忆犹新。正因为如此，我现在无法以清醒的头脑重新审视我当时的内心世界。仿佛看见他，我的心就变得空空荡荡的。熙熙攘攘的人流不停地向前奔涌着。这里是城市中心的中心。那男子独自一个人缓慢地走着。川流不息的行人从他身边匆匆走过，似乎谁也没有看到他。

只有我一个人徒劳地站住了，但那男子连看也没有看我一眼。我想为他做点事，但又不知道该做什么，他的孤独我的任何表示都徒劳的，孤独在包围着他，并把他同我分隔开来。任何表示都太晚了，已到了无可挽回的地步。我的双手当时像被绳索捆绑住似的，就像有时在梦境中，想反抗，但又无能为力。

他步履蹒跚地向前移动着。我迎着对面而来的人流，站立在人行道的中间。

我感到整座城市在推搡着我，企图把我同那男子分开。他昂着头，紧紧抱着那儿童，贴着冰凉的石墙跌跌撞撞，一步一步向前挪动着。但没人注意到他。

现在我想到了当时应该为他做些什么，必须抓准时机，当机立断，而当时的优柔寡断却紧紧压迫我的灵魂，束缚住我的双手，使我糊里糊涂，难以从迷茫中醒悟，一个劲儿地在犹豫与疑虑之间徘徊。我令人生畏地站立在人行道的中间，整座城市在推搡着我。远处的一座时钟敲响了，向人们报告着时间。

这时，我才想起有人正在等着我，我要迟到了。在那男子身边行走的人，都在盯着我。我不能继续站立在那里了。我在人流中仿佛被别人抓住了。我放弃了挣扎，不再逆流而上，而是随波逐流了。我被人流的波浪冲得远远的，终于离开了那个男子。

但是，当我继续被淹没在除了脑袋就是肩膀的人行道上时，那男子的形象却仍旧悬浮在我的眼前。我不由产生了一种模模糊糊的感觉，似乎在他身上有我曾相识的某种东西，或者他勾起我对记忆中的某个人的萦怀。

我飞快地回忆起曾经生活过的一切地方。一幅幅图像摇晃着、颤抖着从我眼前飞逝而过，什么也没有找寻到。我又试着重新汇集我记忆中所看过的每一幅画、每一本书和每一张照片，可仍旧没有找到那男子的形象：高昂着头遥望苍天，一副无限孤独、邈遥与充满疑虑的神情。

终于，在他的形象的启迪下，在我记忆的深处，一个字一个字地缓慢而清晰地响起了：

"爸爸，爸爸，你为什么要抛弃我呀？"

我茅塞顿开，明白了为什么被我撇在身后的那男子对我来说是如此熟悉；他的形象与我脑海里出现的另一个形象是如此的相同。

"爸爸，爸爸，你为什么要抛弃我呀？"

头也是那种姿势，目光也是那种目光，同样的痛苦，同样的邈遥，同样的孤独。

经历了人世间的冷酷与凌辱，他的肉体濒临死亡，上帝沉默而无情地宣判了他精神上的死刑。

空阔冷漠的苍穹笼罩着一座座昏暗的城市。

我转过身子，迎着对面滚滚而来的人群逆流而上，我担心再也找不到他了。

行人宛如牛毛，到处都是晃动的肩膀、脑袋、肩膀……突然间，我从人群的缝隙间望见了他。

他站在那里，仍旧抱着那个孩子，朝天空望着。

我几乎是推搡着过往的行人，向他跑去。离他仅有两步之远了，正在这时，那男子突然跌倒在地上，从他的嘴角涌出了一股殷红的血，而他的双眼依然流露出忍辱的神情。

抱着的孩子也随他一起滚落在人行道上，受了惊吓的孩子把头埋在沾着鲜血的裙子上放声大哭。

奔流的人群终于滞留住了，在那男子的周围围成了一个圆圈。一副副无比强壮有力地肩膀将我挤到了后边。我站到了圆圈的外面曾试图冲破它，但没有成功。挤得水泄不通的人群宛如一具庞大紧缩的躯体。我身前几个比我高的人挡住了我的视线。我想知道发生的事，便求别人让一让，我试着推了推前面的人，但没有一个人理睬我。我听见了里面的哀叹声，呵斥声与哨子声。不大一会儿功夫，开来一辆救护车，围得紧紧的人群打开了一道缺口，那男子和孩子全然不见了。

顷刻间，人群散离而去，我留在了人行道的中间，在城市节奏的推动下，朝前走去。

许多年过去了，那男子肯定早已离开了人间，但他的身影依旧在我的身边，在城市的街道上徘徊。

（同华 译）

阿川弘之

阿川弘之（1920—），日本作家。
主要作品有长篇小说《年年岁岁》《春城》和《云的暮标》等。

※ 赏红叶

　　常言说，人过六十，时光如流。我还听说，从这时起时间要比年轻时快两倍。事实正是如此，原以为某人去世了两三年，可一翻名簿却发现已过了第七次忌辰了。以前有人说："早晚你会明白的"，这一天终于到来了。秋雨急时赏红叶的情绪，近来愈发浓烈了。

　　不知这算是一个转折点还是诱因，我变得越来越讨厌人类了，相反，对鸟兽虫鱼的活动及山川草木每一微小变化都感到无上的喜悦。每当我发现白脸山雀筑巢、水槽中青鲇鱼卵孵化出的小青鲇鱼（用放大镜都很难看清）自由地游弋时，便感到了极大的满足。

三月初一个晴朗的早晨，我外出散步。小学校土堤上的白梅已经开花了。我家院子里的梅树尚未开花，可是，这里的梅花在阳光的沐浴下爆满了枝头，飘来阵阵的梅香。我继续向前走了一段路，忽然，见对面跑来了一个五六岁的男孩子。他穿着一身像睡衣似的奶白色运动服气喘吁吁地跑过来，擦过我身边时，点头说了声："您好。"这一带早已变成了住宅区，遇上这样的孩子着实令人感到新鲜。我兴致勃勃地回到了家里。

我让老伴泡上一壶云南产的具有减肥功效的普洱茶，接着便想告诉她今早的散步是多么的畅快。可是，话到嘴边我又觉得有些不对劲儿，自己的行为和想法怎么都那么老气横秋呀！心情舒畅固然不坏，但究其原因就不那么令人高兴了。想来想去，最后决定给远藤周作打个电话。

"你见那男孩子向你问好，是不是感动得差点儿落泪？"

他一句话就说中了。

"不行！"远藤说道。"照此发展下去，看西部电影结尾的场面时，随着画面上出现THEEND的字幕和扬尘远去的大篷马车，你会流出眼泪的。"他那口吻仿佛是身临其境似的。"这绝不是个好兆头，早晚我们大概也会变成这种老头儿的。"

昭和二十一年春，我复员来到满目焦土的广岛时，附近的孩子们都叫我"阿川哥哥"或"阿川先生家的大哥哥"。去东京开始了作家生涯以后，我常常在生活无落时返回故里。我每回去一次，叫我"哥哥"的人就少了许多。当然，我已不记得是谁最先叫我"阿川叔叔"、是谁最后叫我"阿川哥哥"的了，但几年之后，我发觉孩子们都叫我"阿川叔叔"了。总有一天，孩子们又会改叫"阿川爷爷"的。最初，也许某个小家伙会说："老爷爷，请帮我拣一下球。"以后，叫"叔叔"的孩子越来越少。最终，我便自然而然地成了"老爷爷"了。二十多年前，自己刚刚跨入中年的门槛时，便自觉气力不如从前，当时，我曾在自己的小说中写下了这种感受。

现在书归正传。从我看到盛开的白梅那天算起大约两周后的一天，我又出去散步了。当我正在往坡上走时，见一个三岁左右的小男孩蹲在地上玩着什么，站在一旁的年轻的母亲静静地守着他。那孩子忽然仰头朝我这边看了看，然后口齿清晰地叫道："老爷爷"。

　　来了，该来的终于来了。我有一个两岁的孙子，是我大儿子的孩子，我从不让他叫我"爷爷"。但是，终究给别的孩子叫了出来。我要记住这一天——昭和六十年三月二十二日，我跨入六十岁的第二天上午十一时四十五分。那位年轻的母亲歉然道："实在对不起。"我连忙说道："没关系，我的样子不是很像个老爷爷么？"说罢，便快步离去。

　　数日后，我同一个四十多岁的女人谈及此事。她说："为什么？这有什么可大惊小怪的？我看这毫不奇怪！"我随着她笑了起来。可是，联系到近来发生的一连串事情，使我想起了浦岛传说中太郎突然间从"哥哥"变成了"老爷爷"的故事，心中不禁感慨万千，我想对她说，像你这种年龄的人是绝对不会理解的。

　　我记起了运动员圆谷幸吉的遗书，便找出来看了看。"父亲大人、母亲大人，你们的幸吉已经筋疲力尽，再也跑不动了。请原谅。""我多想在父母大人的身边生活啊！"马拉松选手圆谷留下这份遗书便割断颈动脉自尽了。时年二十七岁。

　　"父亲、母亲大人：在这三天吃的山药很好吃，柿饼、糯米糕也非常好吃。敏雄哥哥、嫂子：你们的寿司很好吃。克美哥哥、嫂子：你们带来的葡萄酒和苹果味道好极了。

　　"岩哥和嫂子：你们的紫苏饭和南蛮咸菜好吃极了。喜久造哥哥、嫂子：你们带来的葡萄汁和养命酒非常好喝，我还要感谢你们经常为我洗洗涮涮。"

　　此后的部分也都是重复"好吃"和"感谢"。这份遗书虽然有点怪，但其深深感谢的对像却是天地的恩赐和父母兄弟的小小恩惠。晚年的川端先生曾对此文章赞不绝口。他写道："美好而真实，哀动人心。"

　　我在工作上，还未到达圆谷幸吉那样"筋疲力尽"的地步。即使在接近人生终点的时候，也未必会产生这种想法。诚然，自己无意与川端先生并驾齐驱，但我还是要斗胆说，可以想象得到，正是因为川端先生也感到了"秋雨急"，才与圆谷幸吉的遗书产生了强烈的共鸣。虽然我与出生于明治时代的川端先生在各方面有所不同，但为自己尚未完全成熟便达到了这个年龄而感到了小小的喜悦。

（朱春育　译）

娜兹克·梅拉依卡（1923—　），伊拉克女诗人，阿拉伯新诗运动的先驱之一，文学教授。代表作有诗集《碎片与灰烬》《波之谷》《月亮树》《生活的悲剧》等。

※ 回忆

夜，群星是一个

解不开的谜。

我的灵魂中有一种

沉闷铸成的东西。

我的感觉中有一种麻痹，

一种消亡的意识。

夜晚有

难以忍受的停滞，

黑暗是

倾泻四溢的秘密。

我孑然一身，

追随我的只有我的影子；

我孑然一身，

我，冬夜，还有我的影子。我没有做梦。

但眼前却有憧憬；

我没有微笑，

但灵魂却有光明；

我没有哭泣，

但心中却有暴风。

我沉浸于

没有止境的回忆：

回忆某些事物，

不知它们何来何去。

也许那只是一个幻象，

造成它的是我的夜晚，我的思绪。

我环顾四周，

见到的只有我的影子。我的周围

是一片死寂，

鸟儿不是已死

就是躲在巢里睡去。

人们甚至连愿望

都不能陈述，

只有一种声音

在我耳边响起又消逝。

那只是一瞬间，

我甚至不知它消逝在哪里。

啊，我真想知道

沉寂中我会遇到谁，

难道我还是独自彳亍，

伴随我的只有我的影子？

黑暗伸展到

那片陌生的天地。

一切都像我的心一样憔悴，

淹没在黑暗里。

黑暗像幻觉，像可怕的死亡

漫无边际。

只有一线光明

掠过我的面前，

一瞬间，我的眼睛

还未辨清它是什么东西。

那光的颜色

同消逝的幻影颜色相似。

它稍纵即逝，

留下我孑然一身，还有我的影子。冬天的气候

只有颤抖和凝滞。

影子冻结了，

罩着僵硬的外衣。

夜晚，连冰都

瑟瑟战栗不已，

只有一丝温暖

透进我痛苦的心底。

这温暖使我

在严冬中感到了春意。

于是，在我内心深处

露出欢乐的晨曦。

不过，我还是在夜里，

孑然一身，还有我的影子。

我的灵魂中

有如饥似渴的无限空虚，

我的影子一声不响，

没有歌曲，默默无语。

它苍白地追随我，

亦步亦趋，却无目的，

还不如一只酒杯，

当我大声呐喊时，

它会淌出酒滴，

让我止渴，感到惬意。

你看这只是

我的错觉呢，

还是我在黑夜中

仍是孑然一身，还有我的影子。我疲惫的心中

只有悲哀、忧戚，

泪水在心中涤荡，

让它伤痛不止。

心底里散落着种种影像，

染着血迹。

不过，一只手

已将这一切抹去，

还对这颗心

频频致意。

是一个孩子的手

要将黑色的痛苦化为吉祥如意。

什么孩子？在黑夜里

我还是孑然一身，还有我的影子！

（仲跻昆 译）

邦达列夫

尤里·瓦西里耶维奇·邦达列夫（1924— ），俄罗斯作家。卫国战争时期当过炮兵中尉，因反映卫国战争题材的中篇小说《营请求炮火支援》和《最后的炮轰》而被称为写"战壕真实"派和"前线一代"的代表作家。

※ 瞬间

她紧紧依偎着他，说道：

"天啊，青春消逝得有多快……我们可曾相爱还是从未有过爱情，这一切怎么能忘记呢？从咱两初次相见至今有多少年了——是过了一小时，还是过了一辈子？"

灯熄了，窗外一片漆黑，大街上那低沉的嘈杂声正在渐渐地平静下来。闹钟在柔和的夜色中滴答滴答地响个不停，钟已上弦，闹钟拨到了早晨六点半（这些他都知道），一切依然如故。

眼前的黑暗必将被明日的晨曦所代替，跟平日一样，起床、洗脸、做操、吃早饭、上班工作……

突然，他有一种奇怪的感觉，似乎这脱离人的意识而日夜运转的时间车轮停止了转动，他仿佛飘飘忽忽地离开了家门，滑进了一个无底的深渊。那儿既无白昼，也无夜晚，更无光亮，一切都无须记忆。他觉得自己已变成了一个失去躯体的影子，一个看不见、摸不着的隐身人，没有身长和外形，没有过去和现在，没有经历、欲望、夙愿、恐惧，也不知道自己已经活了多少年。

刹那间他的一生被浓缩了，结束了。

他不能追忆流逝的岁月、发生的往事、实现的愿望，不能回溯青春、爱情、生儿育女以及体魄健壮带来的欢乐（过去的日子突然烟消云散，无踪无影），他不能憧憬未来——一粒在浩瀚的宇宙中孤零零的、注定要消失在黑暗的空间沙土是否也有同样的感受呢？

然而，这毕竟不是一粒沙土的瞬间，而是一个上了年纪的人在他心衰力竭的刹那间的感觉。由于他领会并且体验了老年和孤寂向他启开大门时的痛苦，一股难以忍受的怜悯之情油然而生，他怜悯自己，怜悯这个他深深爱恋的女人。他们朝夕相处，分享人生的悲欢，没有她，他不可能设想自己将如何生活。他想到，妻子一向沉着稳重，居然也叹息光阴似箭，看来失去的一切不仅仅是与他一人有关。

他用冰冷的嘴唇亲吻了她，轻轻地说了一句："晚安，亲爱的。"

他闭眼躺着，轻声地呼吸着，他感到可怕。那通向暮年深渊的大门敞开的一瞬间，他想起了死亡来临的时刻——而他的失去对青春记忆的灵魂也就将无家可归，飘泊他乡。

谢迪德

安德涅·谢迪德（1925— ）法籍黎巴嫩诗人、小说家。

主要诗歌代表作有《写给一副面孔的诗文》《写给生者的诗文》《写给可爱地球的诗文》《异想天开》等。

小说代表作有《被拯救的太阳》《第六天》和《无根基的房子》。

※ 当希望将我们抛弃的时候

每当希望将我们抛弃

我们的生命成鳞片状地剥离

洼洼坑坑塞满人生小道

睁大的眼睛挖掘着迷惘的荒畦

每当希望将我们抛弃

每当友善在我们心中销声匿迹

我们的人生之路漆黑一片

就像那剥落在地的树皮。

（江伙生 译）

※ 青春

你放声歌唱！意在平息

被龙卷风袭击的天地

你的两肋有力地将它挟起你纵情舞蹈！

身躯之火点燃天涯海角

到处是你的六神七窍你高声呼唤！

狂热把苍穹的神灵之火拨旺

它正衰弱无力，神情黯然整个世界的呼唤声

化入你青春的生命！

你孕育的是无尽的激情。

（江伙生 译）

※ 人生（选章）

之一

世纪连着世纪

从一地迁徙到另一地

尘世代代相继人类坠入深渊

陷阱切断了人生道路的轨迹你的话语在哪里啊，

人生从未停止过不安和郁悒。

之二

在灵与肉的考验之中

你的存在显露形迹

诗歌层层揭去

挡在人生道路上的樊篱人生

我们只能在宇宙流逝的某一瞬间

双手留住你一切都凭借着再生的力量

一切多亏了死亡的厚界。

之三

当我们凝神倾听

你却把飞逝的永恒

化为尘世间的甲乙丙丁在感情潮汐的漩涡里

你面容的经络倍增当我们凝神倾听

嘀嗒的时钟为你修容此时此刻显露出身影。

（江伙生 译）

纳素夫

穆尼尔·纳素夫（1931—），科威特著名散文家、作家。
主要作品有《真理——人生的动力》等。

※ 但愿夫妻不再陌生

作为妻子，你是否感到你的丈夫还是那么陌生？你是否曾冷静地想过婚后多年来他的言行举止？朋友，但愿你不会觉得你的生活伴侣与你同床异梦。在这里，我要向你们讲一个真实的故事。

她独自坐在寝室的窗前，透过灰暗的夜幕，两眼极力地望着那暗黄路灯下的漫漫街头，翘首企望着能从深沉的黑夜中出现她所熟悉的身影。

他这些日子究竟是怎么啦？总是夜夜迟归，睡去多时，也不见他回来！孩子老也看不到他的笑脸，也许他新近接受的工作使他忙得不可开交？也许与友人聊天忘了时间？可是，工作再忙/事情再多也不能有家不归，有妻不思，有儿不管呀！他与她也总是夜半时分匆匆一面，无话可说，无情可表。

她还在等他，手中的书不知翻阅几个来回了，困倦逼使她频频垂首。有时，一觉醒来，曙光出现了，他还没有回来。她刚要出门上班，他却破门而入，急急忙忙吃点饭便又不辞而别。家庭对于他来说，简直连客店都不如。

噢，今天回来得早些了，她热火火地为他端上了亲手烹调的美味佳肴，满高兴地坐在他的对面。但是，他却满脸倦容，肩上如同扛着整个世界。他终于开口了，但三句话不离本行，言必涉工作。他希望她能为自己解决点难题，可是，她对他的言谈却一无所知、毫无兴趣。于是，她只好缄口不语，脸上极力现出一丝强装硬挤出来的笑容，而目光却是茫然若失的。

这是为什么？难道他们的生活状况发生了急剧的变化？难道他们的爱情生活结束了吗？回忆的思绪将他们牵回到婚前的日日月月。

那时，他是一个活泼、干练、有抱负、有理想的青年。她与他相识了，共同梦想着幸福/欢乐，盼望着能永远生活在一起。

他们结合了，走在同一条路上，那是一条艰难的路。他们婚前的部分梦想得到了实现，在婚后最初的年月里，分不清什么你和我，爱就是一切。那时，经济宽裕，生活内容丰富，彼此的感情和谐融洽，家庭中始终充满着欢欣的笑声。

爱情的果实诞生了。他们都喜不自禁，争着抢着看一眼小宝宝，都想为孩子的幸福献出一点力量。

可是，没过多久，这位年轻的母亲便发觉自己的丈夫已不是原来那样的人了，他变得对家、对孩子漠不关心了。他离家去了，从清晨到夜晚，甚至彻夜不归。他整个都陷在工作中了。

他笑了，那准是工作顺利，取得了成功；他皱起了眉头，那就是遇到了什么难题。是的，事业上的成功是甜美的，如果有人共同分享他成功的喜悦，那不是更为甜美吗？

丈夫沉浸在成功喜悦之中的日子，却正是妻子被家务缠得喘不过气的时候，她白天要工作，晚上做完了饭还要照看孩子。过度的劳累使她觉也睡不好，周身疼痛不已，心中烦躁不堪。

家务事难道就活该由女人全包下来吗？买菜、做饭、洗衣服、看孩子，这些家庭琐事难道就与男人无缘吗？谁这样说过？哪个章程中这么写过？可是，人们似乎都是这么活过来的，难道这就是真理？

这种日子，说实在的，真够难熬的。

好吧，让生活的长河沿着它本来的流向去奔流吧！让夫妻们各行其是吧！其实，她不上班也不是不可以，把雇保姆省下来的钱用到生活上，自己在家里看孩子不是更好吗？但是她却又是不甘寂寞的，家务活再累，再烦，却都能在工作中得到补偿。时日一久，她觉得这个家庭便只余下那些久远的甜美的回忆了。

爱情似乎是在瞬间产生的，但是，真正成熟了的爱情却需要漫长的时间，如同一棵树，从下种、萌芽、舒枝、展叶、开花、结果、成材，绝非是几年所能成熟得了的。夫妻之间感情的培养亦绝非一朝一夕所能奏效的，它需要时间，漫长的时间，需要了解，理解，更需要谅解，需要同甘共苦。

婚前母亲的嘱咐仍震响在耳边："孩子，假如你们小两口之间产生了纠葛，你千万不要陷进去，当心感情的裂痕刺伤了你的心！"可是，现实生活毕竟与书上写的，影片中说的，母亲讲的，相差甚远。谁知道每家都发生了一些什么事情？谁又能真正给予解决？还不是离婚了之。然而，离婚后的生活更难！每想到这儿，她的心就颤抖不已。不，她不应该光想自己，家里还有孩子！为了孩子的幸福和欢乐，做父母的就得强咽苦水。

她又问自己：他究竟是怎么回事儿？为什么就不把他们娘儿俩放在心上？！他只知道工作，却丝毫也不愿用点时间，尽一点做丈夫和父亲的责任消除家庭中无形的敌意和威胁家庭幸福的分歧？如今，阴云布满了家庭，暴风雨快要降临了！

她真不知道自己究竟应该怎么办才好？疑惑使她心事重重，担心使她心烦意乱！

一天，她带着孩子来到郊外漫步散心。突然，耳畔响起了一阵优美的歌声，她循声寻去，发现在小路边的果树林中，一位漂亮的女人手挽小篮，边摘果子，边愉快地唱着。只见她身着十分好看又很时髦的衣服，举止文雅。在果树下面，是一个长得很英俊的少年，那是她的孩子。这位漂亮女人的歌声拨动了她心中的琴弦，人们都说她是很会唱歌的，她的歌喉至今仍在打动着她的同事的心，但那似乎又是久远的过去的事情了，她丈夫却嫌她唱歌使他难以安静地看书，她又有什么意思去唱呢？

她身不由己地移动脚步向她走去，对她说：

"你的歌真动人！我想，你在生活中肯定会是很幸福的。"

她回答道："是的，是幸福的，在这样美好的日子里，我怎能不感到幸福呢？"

"我是说，你的婚姻生活幸福吗？"

"不！幸福这个词是不能用来形容我的婚姻生活的。在这个世界上根本就没有完完全全的幸福，幸福的大厦是难以建立在活动的沙漠之上的。我们周围的生活在活动，一切事物都在不断地变化着，人也不例外，与你最亲近的人更是如此。朋友，重要的是，我们首先要学会如何来对待别人，洞悉你最亲近的人的优点和缺点。你问我在生活中是不是很幸福，我可以告诉你，我是这个世界上最幸福的人，可是仅仅是现在，在这里，在果树林中，在孩子身边。可我不知道自己明天将会如何？也不知道几个小时之后会是什么样的心境？就是说，当我回到家里之后，他，将要向我提出什么样的要求？"

她很想继续听下去，不愿打断她的话，可是她却低头不语了。

"你是做什么工作的？"

"我是个美术家。平时画画，画我酷爱的大自然，然后拿去卖掉，来养活我的孩子。"

"那，你的丈夫呢？"

"他是个商人，是个绸布商。我们已经结婚十五年了。我得承认，我曾爱过他，他也曾怀有同样的感情。但是，时日一久，我发现他把我视作一件买来的商品，随意使用，为所欲为。他变得很专横，甚至不许我父母来看我，更不许我去探望他们，连想都不许。可是，当我们有了孩子后，他却又迫不及待地去把我母亲叫了来，为的是侍候我们，就像是个女佣人。"

"你们俩如今仍彼此相爱吗？"

"当然并没有完全消失，因为我们俩都知道，夫妇之间的温情重新在生活中出现的重要因素，就是不要掩饰真正的感情。任何一位妻子都翘首企望着不仅能看到，而且能听到那些温情的表示。"

"你是说，丈夫应该无时无刻地竭力表白他对妻子的爱情？"

"亦不尽然。对爱情的表达勿须多言，更不必每天都向对方说：'我爱你！'不厌其烦地单纯地重复往往适得其反。其实，丈夫再忙，也可以抽出时间来对妻子表示一番温情，如下班后两人一齐动手做饭，吃过饭后，再一齐干'事业'，这不仅不会影响情绪，反而会使彼此心情更加愉快，生活更为和谐。温存的语言是多种多样的，如'你是否曾想过，我为有你这样的妻子而深感自豪！''你做的饭真好吃，真应该好好谢谢你！''你今天按时回来了，真叫人高兴！'等。"

"你的丈夫会说这些话吗？他对你说过吗？"

"爱情，绝非是单方面的行为，"她沉思了一下，说："爱情是夫妻之间的一所学校，两人共同在那里面学习，培养着彼此的感情，经受着波折和考验，不断地认识两人从未见过、甚至从未想过的新鲜事。我从自己不平的经历中切身体会到，要保持住夫妻间的这种温情又谈何容易？为了不使最初的矛盾和风波影响到这种温情的完美，要付出多么大的耐心和牺牲！在付出巨大的代价后，如今，我终于懂得了，夫妻之间的爱和温情绝不仅限于热吻和甜言蜜语，而更多的应该是充溢胸际的感情；是使彼此心心相印、相互吸引、永不分离的家庭环境和善意的心境；是使生活协调的共同努力，而不是对对方无尽无休的埋怨、猜疑和漠不关心。"

一席话，使她的心头顿觉轻松，在与她握别后返回的路上，她在想，自己应如何更好地建设这个家庭呢？

叶夫图申科

叶夫根尼·亚历山德罗维奇·叶夫图申科（1933—），前苏联诗歌中"高声派"诗人代表。

代表作有《济马站》《恐怖》《婚礼》《斯大林的继承者们》《布拉茨克水电站》等诗，

反映了前苏联批判个人崇拜后的社会鬼潮；

反映楞史题材的长诗有《喀山大学》《伊凡诺沃印花布》等。诗集有《探索未来者》等。

※ 世上每个人都特别有意思

世上每个人都特别有意思。

他们的命运就像行星的历史。

每颗星有自己独有的一切，

星际再也没有类似的世界。如果有人一辈子都很平凡，

而且和平凡生活相处甚安，

那么他的这种不引人注目

正是他在人间的有趣之处。每人都有他个人的神秘世界。

这世界有它最美好的时节。

这世界也有最可怕的瞬息，

可是这都不会为我们知悉。如果一个人死去，与世永诀，

随着他，死去了他的第一场雪，

他的第一个吻，第一场战斗……

这一切都将被他随着带走。不错，留下了桥梁留下了书，

留下了机器留下了画幅，

不错，有不少东西留在人间，

但总还是有东西一去不返！这就是这场残酷游戏的规律。

并非人死去，而是世界死去。

我们记得这些有过失的凡人，

可我们何曾当真了解他们？我们何曾了解兄弟了解知己，

我们何曾了解惟一的爱侣？

哪怕是对我们自己的老父

我们所知虽全，所知等于无。人们一一离去……不可挽回。

他们的神秘世界都永不复归。

就因为这一切的一去不返，

每次都逼得我要放声呼喊。

（飞白　译）

杰克·韦尔奇

杰克·韦尔奇（1935—），原通用电气董事长兼CEO，在他的领导下，
通用电器的市值由他上任时的130亿美元上升到了4800亿美元，
排名也从世界第十提升到第一。他所推行的"六个西格玛"标准、
全球化和电子商务，几乎重新定义了现代企业。

※ 我的母亲

要知道什么是失败

那是一个糟糕的赛季的最后一场冰球比赛。当时我在塞勒姆高中读最后一
年。我们分别击败三个球队，赢了头三场比赛，但在随后的六场比赛中，我们全
都输掉了，而且其中五场都是一球之差。所以在最后一场比赛中，我们都极度地
渴求胜利。作为塞勒姆女巫队的副队长，我独进两球，顿时大家都觉得运气相当

不错。

那确实是场十分精彩的比赛，双方打成2：2后进入了加时赛。但是很快，对方进了一球——我们又输了！这已是连续第7场失利。我沮丧之极，愤怒地将球棍摔向场地对面，随后自己滑过去，头也不回地冲进了休息室。整个球队已经在那儿了，大家正在换冰鞋和球衣。就在这时候，门突然开了，我那爱尔兰裔的母亲大步走进来，一把揪住我的衣领。

"你这个窝囊废！"她冲着我大声吼道，"如果你不知道失败是什么，你就永远都不会知道怎样才能获得成功。如果你真的不知道，你就最好不要来参加比赛！"

我遭到了羞辱——在我的朋友们面前——但上面的这番话我从此就再也无法忘记。我知道，是母亲的热情、活力、失望和她的爱，使得她闯进休息室。她是我一生中对我影响最大的人，她不但教会了我竞争的价值，还教会我如何迎接胜利的喜悦和前进中必要的失败。

如果我的确拥有一点领导者的风范，能够和大家和睦相处，我觉得这都应该归功于母亲。忍耐而又有进取心，热情而又慷慨，这就是母亲的特点。她非常擅长分析人的性格特征。对于遇到的每一个人，她总是有所评论。她说她可以"在一英里外嗅出骗子的气味"。

她对朋友非常热情。如果一个亲戚或者邻居来家里玩，称赞橱柜里的玻璃水杯款式不错，母亲会毫不犹豫地将玻璃杯拿出来送给他。但是另一方面，她会怨恨任何一个辜负了她的信任的人。从某种意义上来说，我继承了母亲的性格特点。

大脑比嘴转得快

我的母亲从来没有管理过任何人，但是她知道如何去建立一个人的自尊心。我从小就得了口吃症，而且似乎根除不掉。有时候我的口吃还引来不少笑话。在大学里，每星期五，天主教徒是不准吃肉的，所以我经常点一份烤面包夹金枪鱼。不可避免地，女服务员准会给我端来双份而不是一份三明治，因为她听我说的是"两份金枪鱼三明治（tu-tunasandwiches）"。

我的母亲呢，总是为我的口吃找一些完美的理由。她会对我说："这是因为你太聪明了。没有任何一个人的舌头可以跟得上你这样聪明的脑袋瓜。"事实上，这么多年来，我从未对自己的口吃有过丝毫的忧虑。我充分相信母亲对我说的话，我的大脑比我的嘴转得快。

多年来我一直不知道，母亲在我身上倾注了多少关爱和信心。几十年后，当我翻看以前我在运动队拍的照片时，我惊奇地发现，我几乎一直是整个球队中最为弱小的一个。读小学的时候，我曾当过篮球队的后卫，那时我的个头几乎只有其他几位队员的四分之三。

然而，我居然对此从来没有一丝觉察。现在，每当我看着这些照片时，我总禁不住嘲笑自己就像一只小虾米。可笑的是，我对自己的个子还是非常在意的。这一点充分说明了母亲能为你带来多大的影响。她给了我那么多的信心。她对我说，我想做什么都会成功。这句话总是萦绕在我的耳边："你尽管去做好了！"

维持纪律的人

母亲是我最热情的啦啦队长，她曾给当地报纸打电话，要求他们为我的一点点成功——无论是从马萨诸塞大学毕业还是获得博士学位——发消息。然后她将这些剪报贴在一个剪贴簿上。在这方面母亲一点都不感到难为情。

此外，母亲还是我们家维持纪律的人。一次，我的父亲看见我在他的列车上，与几位同学逃学到南波士顿去庆祝圣派特里克节。父亲当着我的朋友的面什么话都没有说，不过后来他将这件事告诉了母亲。母亲马上把我叫来，狠狠地惩罚了我。还有一次，我没有去参加祭祖的活动，而是去我家附近的梅克公园结冰的湖面上玩冰球。玩的过程中，我一不小心掉到了湖里，搞得全身湿透。为了掩饰所发生的一切，我脱下我的湿衣服，将它们挂到树上，然后在下面生起一堆火烤衣服。在一月的严寒中，我一边打着哆嗦，一边等着衣服干透。

起初，我认为这是一个相当聪明的掩饰办法。不过这种想法在我一跨进家门时便荡然无存了。

我母亲只用了一秒钟就闻到了我衣服上的烟味。逃避圣坛的活动对母亲这样一个人来说真是一件大事。于是她让我坐下，逼我做忏悔，然后自行实施惩罚：

把我脚上的湿鞋脱下来，用力地打我。

虽然母亲很严厉，但她同时也是一个"温和的人"。在我还不到十一岁时，我曾在经过本城的狂欢节队伍中偷了一个球，这是那种可以扔出去，将金属的牛奶瓶从底座上打下来赢得一个"丘比特仙童"玩具娃娃的球。没过多久，母亲就发现了这个球，并问我球是从哪儿来的。

当我承认这是偷来的时，她便坚持让我到克罗宁神父那里去，把球还给他，并忏悔我所做的一切。我很怕神父。我问母亲能否将球扔到北河里去，那是一条穿过城镇的浑浊的小河。和她谈判了一番之后，她同意我这样做。于是母亲亲自驾车带我来到北街的桥上，看着我将球扔到了河里。

还有一次，当时我在读高中毕业班，我给肯伍德乡村俱乐部最吝啬的一个高尔夫会员当球童。我们打到了第六洞，从球座打出的球只需飞出一百码，就可以越过池塘。而今天，这家伙居然径直将他的球打到了池塘里，离岸边至少有十英尺。这时他要我脱掉鞋和袜子，跳到泥塘中去找他的球。

我拒绝了。而当他坚持的时候，我说了句见你的鬼去吧。同时我还把他的球杆也扔到了池塘里，告诉他你自己去找球和球杆吧，然后头也不回地走了。

这是一件蠢事，甚至比我将冰球球杆摔到场地上还要糟糕。然而母亲虽然非常失望——这是以我的俱乐部球童奖金为代价的，她却能理解我当时的感受，她并没有像我想象中的那样惩罚我。

虽然我从来没有缺乏过自信心，但是1953年秋天，我在马萨诸塞大学的第一个星期，却过得不是很好。我非常想家，以至于母亲只得驾车三个小时，从家里到阿默斯特的校园来看我。

她想给我打打气，使我能够重新振作起来。"看看周围的这些孩子，他们从来没有想过回家。你和他们一样优秀，而且还要出色。"她说得对。不过，我的确没有真正离开过家，我甚至都没有参加过一次过夜的野营活动。我本来以为自己是一条硬汉，老于世故而且独立性强，可我完全被离家上学的感受击垮了。和其他一些同学比起来，我似乎还远没有准备好上大学。我们这里有从新英格兰大学预科班来的，也有从久负盛名的波士顿拉丁学校来的，他们在数学方面都比我强。对于物理我也有些紧张。

母亲却对这一切只字不提。她那些激励的话确实奏效了，不到一星期，我便不再忧虑了。

我挣扎着度过了大学的第一年，在考试中我的成绩还不错。大学二年级的时候，我就加入了美国大学优等生荣誉学会。

1958年，我完成了在伊利诺伊的第一学年，本来可以硕士毕业了，但当时整个国家经济不景气。尽管我提出了20份工作申请，却只得到两个工作机会：一个是在塔尔萨附近的俄克拉荷马石油精炼厂；一个是路易斯安那州巴吞鲁日的乙基公司。在去乙基公司面试的飞机上，我和我伊利诺伊大学的伙伴在一起。这时，空中小姐过来对我说："韦尔奇先生，想喝点什么吗？"然后她转过去对我的同事说："加尔特纳博士，想喝点什么吗？"

我觉得加尔特纳"博士"比韦尔奇"先生"听起来悦耳多了。我需要做的只是再待上几年罢了。我没有深思熟虑，立即决定留在校园里继续攻读我的博士学位。

最伤心的日子

1965年，我已经以工程师的身份在通用公司工作六年了。我们这群相信可以做任何事情的"疯狂的人"，成功制成了一种可以解决PPO分裂的混合塑料产品，也就是今天在全球有着10亿美元销售额的成功产品。生活似乎顺风满帆。

但是有一个遗憾：我的母亲在1965年1月25日去世了，这是我一生中最伤心的日子。

我的母亲不能与我共享成功了。她只活了六十六岁，但已被心脏病折磨了很多年，这次是第三次复发，而且是致命的。那时她和父亲正在佛罗里达度假，我将奖金中的一千美元给了他们，帮助他们逃避新英格兰的严冬。

这笔钱对我和母亲来说意义非常重大。当我把钱赠给她的时候，她激动得哭了。从我出生的那天起，她给了我所需要的一切东西，区区一千美元的礼物使得我终于有一次回报的机会。

对她来说，这钱反映了"她的产品"给她带来的快乐。她因我而骄傲。感谢上帝，我做到了这一点。我一生中最大的遗憾，就是不能给她所有我能给予她的东西。

当父亲告诉我母亲住进了罗德代尔堡医院的时候，我立即从匹兹菲尔德赶到母亲的病房。母亲躺在床上，身形憔悴而虚弱。当天晚上她就去世了，我还记得那天坐在她身旁的时候，她要我帮她擦擦背。于是我用热水和肥皂给母亲擦洗，看得出来，她是那么高兴我能帮她擦背。

但我再也见不到活着的母亲了。

我沮丧至极。父亲和姨妈坐火车把母亲的遗体运回了塞勒姆，而我则开父亲的车回家。我整晚都朝着西边开，一路上我狂吼乱叫，踢车门发泄郁闷。我为上帝将母亲从我身边带走而愤怒，甚至疯狂……

在圣托马斯使徒教堂的守夜，和随后举行的葬礼，实际上成了对母亲一生的颂扬。我们所有的亲戚、邻居和好几百个我不认识的朋友都来了，他们每人都有一个我母亲告诉他们的关于她儿子杰克的故事。

不可避免的是，母亲不厌其烦地讲给朋友们的所有故事中，都说到了她为我感到的骄傲。

曼狄诺

奥格·曼狄诺（1943—），美国散文作家。
作品充满乐观主义色彩，笔调高昂。代表作有《我要笑遍世界》。

※ 我要笑遍世界

我要笑遍世界。

只有人类才会笑。树木受伤时会流"血"，禽兽会因痛苦和饥饿而哭嚎哀鸣，然而，只有我才具备笑的天赋，可以随时开怀大笑。从今往后，我要培养笑的习惯。

笑有助于消化，笑能减轻压力，笑是长寿的秘方。现在我终于掌握了它。

我要笑遍世界。

我笑自己，因为自视甚高的人往往显得滑稽。千万不能跌进这个精神陷阱。虽说我是造物主最伟大的奇迹，我不也是沧海一粟吗？我真的知道自己从哪里来，到哪里去吗？我现在所关心的事情，十年后看来，不会显得愚蠢吗？为什么我要让现在发生的微不足道的琐事烦扰我？在这漫漫的历史长河中，能留下多少日落的记忆呢？

我要笑遍世界。

当我受到别人的冒犯时，当我遇到不如意的事情时，我只会流泪诅咒，却怎么笑得出来？有一句至理名言，我要反复练习，直到它们深入我的骨髓，让我永远保持良好的心境；这句话，传自远古时代，它们将陪我渡过难关，使我的生活保持平衡。这句至理名言就是：这一切都会过去。

我要笑遍世界。

世上种种到头来都会成为过去。心力衰竭时，我安慰自己，这一切都会过去；当我因成功扬扬得意时，我提醒自己，这一切都会过去；穷困潦倒时，我告诉自己，这一切都会过去；腰缠万贯时，我也告诉自己，这一切都会过去。是的，昔日修筑金字塔的人早已作古，埋在冰冷的石头下面，而金字塔有朝一日，也会埋在沙土下面。如果世上种种终必成空，我又为何对今天的得失斤斤计较？

我要笑遍世界。

我要用笑声点缀今天，我要用歌声照亮黑夜；我不再苦苦寻觅快乐，我要在繁忙的工作中忘记悲伤；我要享受今天的快乐，它不像粮食可以贮藏，更不似美酒越陈越香。我不是为将来而活，今天播种今天收获。

我要笑遍世界。

笑声中，一切都显露本色。我笑自己的失败，它们将化为梦的云彩；我笑自己的成功，它们恢复本来面目；我笑邪恶，它们远我而去；我笑善良，它们发扬光大。我要用我的笑容感染别人，虽然我的目的自私，但这确实是成功之道，因为皱起的眉头会让顾客弃我而去。

我要笑遍世界。

从今往后，我只因幸福而落泪，因为悲伤、悔恨、挫折的泪水毫无价值，只有微笑可以换来财富，可以建起一座城堡。

我不再允许自己因为变得重要、聪明、体面、强大而忘记如何嘲笑自己和周围的一切。在这一点上，我要永远像小孩子一样，因为只有做回小孩子，我才能尊敬别人；尊敬别人，我才不会自以为是。

我要笑遍世界。

只要我能笑，就永远不会贫穷。这也是天赋，我不再浪费它。只有在笑声和快乐中，我才能真正体会到成功的滋味。只有在笑声和欢乐中，我才能享受到劳动的果实。如果不是这样的话，我会失败，因为快乐是提味的美酒佳酿。要想享受成功，必须先有快乐，而笑声便是那伴娘。

我要快乐。

我要成功。